I0686373

Yaolin

CHANTS

POPULAIRES

DE L'INDE

TRADUITS PAR M. GARCIN DE TASSY

Membre de l'Institut

(Extrait de la REVUE CONTEMPORAINE, liv. du 30 septembre)

PARIS,

BUREAU DE LA REVUE CONTEMPORAINE,

RUE DE CHOISEUL, 21.

—

1854.

CHANTS POPULAIRES

DE L'INDE

Paris. — Imprimerie de E. Brière, rue Sainte-Anne, 55.

CHANTS POPULAIRES

DE L'INDE

TRADUITS PAR M. GARCIN DE TASSY,

Membre de l'Institut.

I

PRÉLIMINAIRES.

Les seuls monuments littéraires qui obtiennent une grande popularité sont les ouvrages en vers, mais surtout les courts poèmes qu'une énergique simplicité a rendus remarquables et que des airs chantants ont fixés dans la mémoire des peuples. Aussi les nomme-t-on spécialement chants populaires. Ces poésies, qui n'ont pas eu besoin d'être écrites, ou que l'écriture et la tradition nous ont à la fois conservées, ont pu seules être appréciées par la masse du peuple. Elles offrent donc nécessairement le reflet de ses croyances, de ses mœurs, de son langage, et, sous ce triple point de vue, elles sont bien dignes d'attirer l'attention du philosophe et du savant. Les chants populaires indiens, c'est-à-dire hindouïs et hindoustanis, n'ont pas moins d'intérêt que ceux des autres nations, et ils ne leur sont pas inférieurs sous le rapport poétique. Les uns se font éntendre dans les réunions brahmaniques ou musulmanes, les autres dans les harems ou zanânas, ceux-là dans les marchés et les places publiques. Il y en a pour tous les temps de l'année; il y en a pour les différentes occupations, et ceux-là contiennent souvent des espèces d'onomatopées qui annoncent le genre de travail auquel se livrent les individus qui les chantent. Il n'est pas jusqu'aux redoutables voleurs de l'Inde nommés *thags* ou *phanségars* qui n'aient des chants particuliers [1]. Ces chants occupent une grande place dans la littérature indienne. Parmi ceux qui sont parvenus à ma connaissance, j'ai eu soin de faire un choix [2] qui en a exclu un grand nombre : les uns, en effet, m'ont paru trop libres [3] ou trop insignifiants [4]; d'autres m'ont semblé intraduisibles, à cause des jeux de mots et des altérations, ou de leur obscurité provenant, surtout dans les chants musulmans, de la multiplicité des métaphores exagérées ou ridicules. J'ai dû laisser aussi plusieurs chants relatifs à des jeux particuliers à l'Orient [5]. Au surplus, le principal mérite de ma collection c'est qu'elle n'est composée, à l'exception d'un très petit nombre de pièces, que de morceaux traduits de l'original pour la première fois.

On a remarqué que les auteurs des chants populaires sont généralement inconnus. Il n'en est pas tout à fait ainsi dans l'Inde [6] : un bon nombre de ceux que j'ai traduits sont dus à des écrivains célèbres et dont les noms sont plus populaires encore que les écrits. Ce sont entre autres les réformateurs hindous Kabîr et Nânak, l'aveugle Surdâs [7], les mu-

[1] Toutefois, le capitaine Sleeman, dans l'histoire qu'il a écrite de cette corporation redoutable, ne nous fait connaître d'eux que l'invocation suivante : " O Kali, protectrice de Calcutta, que ta promesse ne soit pas vaine! " *Kali, Kalkatta wâli, térâ bacha na jâwé khâli!*

[2] J'ai puisé surtout dans les deux recueils originaux de W. Price, hindî et urdû, lesquels font partie des " Hindee and hindoostanee selections." Feu Broughton, dans son " Popular Poetry of the Hindoos, » a donné la transcription en caractères latins et la traduction libre en vers anglais de cinquante-neuf chants populaires hindouïs, dont quelques-uns sont fort beaux. Malheureusement, comme sa transcription n'est pas du tout systématique, et que beaucoup de fautes typographiques se sont glissées dans le texte, il est difficile de se rendre raison de tous les mots. Pour donner un exemple de l'irrégularité de l'orthographe des mots indiens, je citerai le nom du célèbre poète Kéçava ou Kéçava-dâs, que Broughton a écrit de quatre manières différentes, toutes fautives : Kesub, Keshao, Kesheodas et Kesoodas.

[3] Ainsi sont ceux qu'on nomme *gali* ou *injure*, et qu'on chante entre autres aux mariages et à l'époque du *holi* ou carnaval indien.

[4] Tel, par exemple, que celui que Hadley a citée dans sa *Grammaire hindoustani*, p. 75. Souvent, du reste, des poésies qui dans une traduction n'offrent aucun intérêt ne laissent pas d'être pleines de charme dans l'original, tant à cause des rimes et des heureuses répétitions de mots qu'à cause de la musique gracieuse et chantante qui relève la simplicité de l'expression. Telle est notre chanson du « Clair de la lune, » dont la beauté musicale a été habilement relevée par l'auteur des « Voitures versées, » et n'a pas échappé aux Arabes lors de l'expédition d'Égypte, car ils l'ont traduite en leur langue, et des voyageurs l'ont entendu chanter jusqu'en Syrie.

[5] Tels que le chauçar, le nard et autres. J'ai omis, dans quelques-uns de ceux que j'ai traduits, les allusions passagères qu'on y trouve sur ces jeux, dont les règles ne sont pas suffisamment connues.

[6] Dans quelques chants hindous et dans la plupart des chants musulmans, le nom du poète se trouve, d'après l'usage, dans le dernier vers ou dans la dernière strophe.

[7] Quoique les poésies de Surdâs aient une grande réputation chez les Indiens, et que beaucoup de ses bischan-pad et autres hymnes soient encore chantés de nos jours, je les trouve néanmoins assez insignifiantes. Elles contiennent généralement les louanges de Wischnu ou de Krischna, exprimées d'une manière fort obscure, et par des mots tombés en désuétude et qu'on ne trouve pas dans les dictionnaires. Aussi ai-je dû me borner à faire connaître un très petit nombre de ces chants. Ce qui contribue à les rendre difficiles à entendre, c'est que l'auteur a employé pour les écrire les caractères persans, quoiqu'il se soit servi très rarement de mots persans

sulmans Khusrau Waji et Saudâ; le musicien Tân-Sen, qui non-seulement a contribué à populariser les compositions des autres, mais qui
est lui-même auteur de quelques poésies répétées encore de nos jours [1].
Khusrau écrivait dans le reizième siècle; quant aux autres écrivains,
plusieurs sont du seizième siècle. Ces noms fixent naturellement l'é-
poque de quelques-uns des chants que je vais citer. Nombre de ces
chants sont plus modernes, mais il y en a aussi de plus anciens. En
effet, parmi les tribus rajpoutes, il existe des chants hindis qui re-
montent sans doute au delà du douzième siècle, c'est-à-dire de l'é-
poque où Chând, l'Homère du Rajasthân, écrivait ses poèmes historiques,
dont on considère le dialecte comme ayant servi de transition entre le
sanscrit et l'hindoui plus moderne; mais malheureusement nous ne
connaissons de ces chants anciens que quelques vers isolés [2].

Les chants historiques sont, sans aucun doute, les plus importants
de tous; mais c'est précisément sous ce point de vue que ma collection
est défectueuse [3]; ce n'est pas qu'il n'en existe un grand nombre, surtout dans l'Inde centrale. En effet, Tod nous l'assure dans ses curieuses
Annales du Rajasthân; et dans son voyage il parle d'un ménestrel
qui chanta devant lui plusieurs stances des *bardaïs* ou bardes des
temps anciens [4]. Ces bardes faisaient entendre, au moment du combat,
des hymnes guerriers nommés *kar-khâ* [5]. Pour cela, ils se mettaient
à une place particulière, et pendant les évolutions des troupes ils les
animaient par leurs chants énergiques. On trouve encore quelquefois
actuellement de ces poètes dans les armées des natifs [6]. Semblables

ou arabes. Or, rien n'est si peu intelligible que des pièces composées presque entièrement de mots
indiens et écrites en caractères persans. On y confond la classe des lettres cérébrales avec celle
des dentales, le *sa* palatal, dental et même cérébral, le *kscha* et le *chha*, le *jnya* et le *guya*, etc.
Comme les Indiens ont la faculté de pouvoir se servir des deux alphabets dévanâgari et persan pour
écrire l'hindoustani, ils ont généralement soin d'adopter le persan lorsqu'ils emploient beaucoup
de mots persans et arabes, comme c'est le cas dans l'urdu et le dakhni; et le dévanâgari, lorsque ces derniers mots y sont en très petit nombre, comme dans l'hindoui.

[1] J'ai fait connaître, dans le tome 1er de mon *Histoire de la littérature hindoui et hindoustani*, plusieurs de ces chants qui sont dus à des auteurs connus. On les trouvera aux articles
sur Abrû, Inschâ, Jauhar, Khusrau, Lâla, Scharar, Sultân.

[2] Cités par Tod dans ses " Annals of Rajasthan."

[3] En fait de chants historiques, je pourrais citer deux stances prises parmi celles que Tod a
données dans ses " Annals of Rajasthan," t. 1er, p. 764, et t. II, p. 476. La première se rapporte à
la victoire de Patan, remportée sur les Rahtores par les Mahrattes, commandés par le célèbre général comte de Boigne; la voici :

«Chevaux, chaussures, turbans, moustaches, épées de Mârwâr, ces cinq choses furent lais-
sées à Patan par les Rahtores.»

Et celle-ci, qui fut composée lors de la conspiration du prince Khurram (qui monta plus tard
sur le trône de Dehli, sous le nom de Schâh Jahân) contre son père Jahânguir.

«Le lac déborde, les eaux font irruption. Où est le remède à cela ? La maison de Jahânguir
croule, Râo-Ratân seul la soutient.»

[4] *Travels in western India*, p. 293.

[5] De là où les nomme aussi *kar-khât*.

[6] *Asiatic Journal*, nº 5, t. XXII, p. 28.

aux muezzins des mosquées, ils ont la voix tellement forte, qu'elle se fait entendre malgré le bruit du galop des chevaux. Ils produisent, dit-on, sur les soldats un effet tel, qu'après les avoir entendus ceux-ci se ruent sur l'ennemi avec une ardeur sans pareille.

Je range en trois classes distinctes les chants hindouïs et hindoustanis, brahmaniques et musulmans : chants religieux et mythologiques, chants érotiques et érotico-mystiques, chants ethnologiques, c'est-à-dire qui ont rapport à quelque usage particulier à l'Inde.

Les genres particuliers de poésie employés dans les chants que je vais faire connaître sont, d'abord pour les pièces proprement hindoues, le *Pad*, qui équivaut au *Gazal* musulman. Or, le gazal est un court poème, sur une même rime, de douze vers au plus, dont le dernier doit contenir le nom du poète. Si le pad est à la louange de Wischnu, on l'appelle *Wischnupad;* s'il est en l'honneur de l'incarnation de ce dieu sous le nom de Râma, on le nomme *Râmpad.*

Le *Tappá,* petit poème érotique en vers de deux hémistiches, dont le premier est répété, à la fin, en ritournelle.

Le *Kabit,* autre poème de quatre vers, fort usité pour les chants religieux.

Le *Thumrî,* poème composé d'un petit nombre d'hémistiches, et qu'on chante surtout dans les *zanânas* ou gynécées.

Le *Dhurpad,* autre poème composé de cinq hémistiches sur une même rime et dont le sujet n'est pas déterminé.

Il n'en est pas de même du *Malár,* dont le sujet roule toujours sur la saison des pluies; du *Domrá* et du *Kahrwâ,* dont le chant est approprié aux danses qui en prennent le nom, et de l'*Hindolá,* dont on accompagne le balancement de l'escarpolette, jeu pour lequel les Indiennes sont passionnées.

Les chants particuliers aux musulmans sont le gazal, dont j'ai déjà parlé, et le *Marsiya,* ou complainte sur les martyrs musulmans et, spécialement pour les dissidents, sur Huçaïn, fils d'Ali et petit-fils de Mahomet, leur saint de prédilection et qui est chez eux l'objet d'un culte spécial.

Enfin, les chants mixtes, également usités chez les Hindous et chez les musulmans, sont le *Horî* ou *Holî,* chant du carnaval indien, dont il emprunte le nom; le *Khiyál,* poème érotique à refrain mis dans la bouche d'une femme, et le poème qu'on nomme en hindouï *Badhawá* et en persan *Mubârak-Bâd,* c'est-à-dire des vers de félicitation qu'on chante à la cérémonie du mariage, à la naissance des enfants et dans d'autres circonstances heureuses.

Quant aux auteurs connus des chants populaires que j'ai traduits, outre ceux que j'ai mentionnés, on en trouvera nombre d'autres dont les plus distingués sont : Tulcîdâs, l'auteur d'un *Râmáyana* aussi estimé que celui de Valmiki et plus populaire que le sien; Rasrang, rival de Tân-Sen comme musicien et un des auteurs des chants populaires les plus répandus chez les peuples de l'Inde; Râm-Prasad, auteur d'un ouvrage religieux qu'admirent les dissidents hindous, et dont les poésies sont surtout chantées par eux.

Parmi les musulmans, on trouvera entre autres les noms de Jawân, l'auteur d'un « Poème des douze mois, » qu'on a comparé avec raison aux « Fastes » d'Ovide; d'Aftâb, qui n'est autre que le grand mogol Schâh-Alam II; d'Açaf-Uddaula, le nabâb d'Aoude, qui régnait à la fin du siècle dernier; de Dard et de Hasrat, célèbres contemplatifs, et poètes très féconds et très considérés; enfin, d'Inschâ, qui a non-seulement écrit en hindoustani, sa langue maternelle, mais en turc, langue de ses ancêtres, et en persan et en arabe, langues qui sont pour les musulmans de l'Inde à peu près comme pour nous le latin et le grec.

II

CHANTS RELIGIEUX.

Les chants religieux qui ne contiennent rien de mythologique sont des poésies philosophiques et des hymnes que chantent dans leurs réunions les kabîr-panthîs, les sikhs et les autres sectaires. Je vais traduire d'abord un pad empreint de la doctrine du védanta, qui n'est autre chose que le panthéisme.

Cette doctrine enseigne l'unité des êtres. On y compare le rapport qui existe entre la créature et Dieu à celui du vase de terre et de l'argile, des vagues et de l'Océan, de la lumière et du soleil. Mais on peut croire que ce sont des manières de parler qu'on ne doit pas prendre à la lettre; car alors il n'y aurait réellement pour l'homme rien à attendre après cette vie, puisque son individualité disparaîtrait complétement. Ne peut-on pas penser qu'en annonçant cette sorte d'anéantissement les védantistes et les sofis pensent cependant avec les chrétiens, les juifs et les musulmans, que l'homme jouira comme individu du bonheur éternel?

Pad.

Tu es le nuage et la pluie, et je suis le paon: Tu es la lune et je suis le chakor [1]. Tu es la lampe et je suis la mèche. Tu es le lieu du pèlerinage et je suis

---

[1] Sorte de perdrix que les Indiens disent être amoureuse de la lune.

le pèlerin[1]. Tu es l'or et je suis le borax[2]. Tu es l'arbre et je suis l'oiseau. Tu es l'étang et je suis le poisson[3].

Voici maintenant un chant moral de Tulcîdâs, chant où respirent malheureusement aussi les funestes doctrines du panthéisme.

Râmpad.

O insensé, invoque Râma! Il est l'essence de Siva; son nom est l'Océan. Étudie d'une étude convenable tous ses attributs et ses perfections.

Souviens-toi que le temps dévore le malheur et le bonheur : observe donc le détachement de tout.

Le temps dévore ce qui est bon et ce qui est mauvais, ce qui est à droite et ce qui est à gauche. En résumé, tout est absorbé dans Râma.

Le monde est comme un jardin au mois de sâwan[4], lorsqu'il y a en même temps des fleurs et des fruits. Considère tout cela comme de la fumée; n'oublie pas mon discours.

O Tulcî, celui qui laisse le nom de Râma et qui met son espoir en un autre est pareil à l'homme qui dédaigne un mets succulent pour demander une bouchée de riz bouilli[5].

Voici un chant philosophique sur la métempsycose :

Pad.

Quoi! n'as-tu pas déjà vécu plusieurs fois dans le monde?

L'esclavage a été le partage de ta famille, de ta mère et de tes fils, de tous les membres de ta maison. Quelqu'un ne viendra-t-il pas vous délivrer à la fin?.....

Emploie ta vie à des occupations utiles et non à perdre ou à gagner au jeu de dés......

De l'océan terrible du monde il est bon de jeter les yeux sur la rive...

Fais attention à ce qu'on dit dans la compagnie des bons, et alors tu pourras aller au-delà de l'existence visible. Je n'ai avec moi ni ami ni compagnon. Peu m'importe; la vie est multiple.

Ne sais-tu pas que tu as vécu plusieurs fois dans le monde[6]?

Je vais citer trois pads ou hymnes du célèbre réformateur Kabîr, dont les principes enseignés aussi par Nânak ont été adoptés par les sikhs :

---

[1] Il y a de plus dans le texte : « Tu es l'aiguille et je suis le fil. »

[2] Ce sel cristallin est propre à faciliter la fonte des métaux.

[3] Collection W. Price, Chants hindî, n° 12. Cette dernière pensée est à peu près celle qu'on trouve dans le dix-neuvième livre de *Télémaque* : « Ils (les bienheureux) sont plongés dans cet abîme de délices comme les poissons dans la mer. »

[4] Le mois de sâwan répond à juillet et à août.

[5] W. Price, n° 1 des Chants hindî.

[6] Collect. Price, n° 36.

1er *Pad.*

Venez avec moi dans la voie étroite, vous qui êtes sages.

Par la faveur de mon gurû j'ai cherché la compagnie [1] des fidèles, et elle a détruit mon ignorance. L'amour de Dieu est contenu dans mon cœur; il a anéanti l'attachement à la vie extérieure. O mon frère, il faut recevoir le malheur comme le bonheur.

La concupiscence et la colère sont semblables à deux corbeaux altérés qu'il faut chasser à tout prix. Les bonnes œuvres et les péchés sont des voisins qui se dévorent. L'orgueil et la convoitise sont nos deux mères.

Le chef de la ville a goûté le charme de ma doctrine, et les gens des villages se sont assis pour l'entendre... Entonnez un chant joyeux de congratulation, un heureux chant de joie; mais, ô mes chers petits fils, la grandeur de l'enfant Krischna ne saurait être dignement célébrée. Kabîr a dit : Ecoutez, mes frères, l'esprit doit être rempli (des bonnes doctrines). Venez avec moi dans la voie étroite [2].

2e *Pad.*

O maître véritable, souverainement parfait, délivre celui qui est tombé soit par ignorance, soit avec connaissance de cause [3].

Dans un instant tu triomphes du monde, dans un instant tu l'embellis. Wischnu répand son mâyâ (illusion). Il fait agir le mâyâ, lui maître du monde.

Siva et Brahma méditent toujours sur lui. Ils trouvent en lui le terme de la méditation des Védas. C'est lui qui crée ce qui est bas de ce qui est élevé, et ce qui est élevé de ce qui est bas.

Il est le maître de tous. Ayez pitié d'Indra et des autres dieux, vous, ô Seigneur créateur!

Lorsque le mal tombe sur les dieux, alors Hari s'incarne... ayant pris dans sa belle main l'arme nommée *sudarsan*. Il habite constamment dans chaque esprit ; l'explication des six Schastars est comme la vapeur.

Kabîr a dit : Ecoutez, ô hommes, appliquez votre esprit et apprenez que Dieu a fait le monde [4].

3e *Pad.*

O toi, dont l'esprit est égaré, adore Dieu ; invoque son nom à l'aurore.

O Dieu, si vous me traitez avec bienveillance, je pourrai me sauver de l'océan de l'existence (extérieure).

Tout se réduit dans le monde à méditer sur le bien et sur le mal, sur celui qui est infirme et sur celui qui est sain.

---

[1] Le mot que je rends ici par *compagnie* est *sangat*. Il signifie aussi le lieu où les kabîr-panthis et les sikhs se réunissent. Le *Sikh-sangat* de Bénarès est célèbre. On y chante les hymnes de Nânak.

[2] Collect. Price, Chants hindî, no 110.

[3] Et ignorantias meas ne memineris, Domine, ps. xxiv, 7.

[4] No 105. Le dernier de la collection hindî de W. Price.

Par cela même que tu sentiras le besoin de la faveur de ton gurû, le désir de ton cœur sera accompli.

Si le nom de Râma (Dieu) remplit ton esprit, tu obtiendras la réussite dans le monde et de grands avantages. Si tu te livres au découragement, dès lors la mort a entouré ta vie...

Aime la mention du nom de Râma, l'esprit droit et la sagesse des sâdhs [1].

O esprit égaré, adore Dieu ; invoque son nom à l'aurore [2].

Ecoutons actuellement un chant de Nânak, le législateur des sikhs [3].

Mon saint précepteur est celui qui enseigne la clémence. Le cœur se réveille à sa doctrine...

Le chapelet dont chaque grain est un soupir est admirable...

Le sage est compatissant. L'homme sans compassion est un boucher.

Tu tiens le couteau et tu cries sans pitié : Qu'est-ce qu'une chèvre ? Qu'est-qu'une vache ? Que sont les autres animaux [4] ?

Or, le maître (Nânak) déclare qu'il n'y a pas de différence entre les différents meurtres...

O Nânak, ne détruis pas l'esprit pour conserver le corps. Réprime, ô mon frère, ce désir de la vie qui est dans ton cœur. Nânak s'écrie : Réfugie-toi en Hari.

Passons aux chants mythologiques, qui sont plus répandus que tous les autres parmi le peuple hindou. On y célèbre surtout Krischna, dernière manifestation de Wischnu, et l'amour pour lui des gopies, qui semblent être la personnification de l'humanité entière sauvée par ce dieu incarné.

Commençons par une invocation à Ganescha, le dieu de la sagesse [5].

Pad.

Je chante Ganpati (Ganescha) qui procure le bonheur, le fils de Siva et de Gauri, Binâyak (Ganescha).

Ganescha qui a une face et des dents d'éléphant, qui est la racine de la joie et qui donne la faveur de l'intelligence. Il apporte la délivrance des vexations, la destruction du mal, l'éloignement de l'homme vil.

Oh ! permets à moi, Tandhîrâm, qui suis officier de Kiçan-Chand, d'éprouver de la satisfaction.

Je chante Ganescha qui donne le repos [6].

---

[1] C'est-à-dire *sage ;* mais ici ce mot est pris dans le sens d'adepte, c'est-à-dire de *kabîr-panthî* ou de sectateur de Kabîr. On donne aussi ce nom aux membres d'une secte particulière.

[2] Collect. hindî, n° 191.

[3] Je le cite comme un échantillon du style de Nânak, quoique M. Wilson l'ait déjà fait connaître dans son Mémoire sur les sectes religieuses de l'Inde. *As. Res.* t. XVII, p. 234. On trouvera *loco citato* deux autres hymnes du même législateur.

[4] Ceci paraît s'adresser aux musulmans.

[5] C'est par l'invocation à ce dieu que commencent toutes les cérémonies civiles et religieuses.

[6] N° 55 de la Collection hindî de W, Price, Hindee and hindoost. select.

Cet hymne, dont M. Price nous a fait connaître le texte, est analogué à l'invocation qu'on lit en tête du *Prem-Ságar* et dont je joins ici la traduction afin qu'on puisse comparer les deux morceaux.

O toi qui es distingué par une tête d'éléphant (Ganescha), toi qui effaces les fautes, qui es célèbre par ta renommée et qui es resplendissant, accorde-moi ta grande bénédiction, en sorte que mon langage soit pur, que mon intelligence s'étende et que ma joie augmente.

Et toi que le monde prie nuit et jour, les yeux fixés sur tes deux pieds, ô Saraswati, mère de l'univers, accorde-moi la mémoire, l'habileté (nécessaire) et le langage convenable.

Voici des hymnes à Krischna :

Pad.

Celui qui connaît Hari n'aura-t-il pas l'intelligence de toute chose?...

Pourquoi ne pas invoquer ce dieu et s'assurer du bonheur qui est la vraie richesse? Sans cet être compatissant envers le pauvre, qui en aurait pitié?

Maintenant mon esprit est désolé. Qui est digne de toi dans le monde? Si on comptait sur l'aide de quelqu'un autre on se ferait illusion.

Tu es l'origine de tout; pour tous tu es mère, père et fils.

Si on médite en son esprit sur la divinité, on se convaincra qu'aucun être n'est semblable à Hari.

Celui qui connaît Hari n'aurait-il pas l'intelligence de toute chose [1]?

Pad de Wischnudâs.

Toi seul tu pourras satisfaire mon désir. Je méditerai sur toi. J'offrirai à tes pieds des fleurs des huit odeurs [2], des noix de coco, des parfums, des lampes et d'autres objets.

Ecoutons toujours dès le commencement jusqu'à la fin la gloire des saints qui sont nos aides.

Si on contemple les trois personnes (du trimûrti) ou une seule personne en particulier, on trouve le fruit de sa méditation et on obtiendra l'abondance.

O Krischna! accorde à Wischnudâs quelque faveur; toi devant qui se courbe ta servante Rukminî, toi seul pourras satisfaire mon désir [3].

Pad de Surdâs.

Lorsque le fils de Nand se réveille de son sommeil, celui qui voit la beauté de son visage peut-il n'être pas agité dans son esprit? Ayant ouvert les yeux comme le lotus, les fermera-t-il ensuite?

L'excellence de Krischna ne saurait être décrite, qui est-ce qui sait l'apprécier dignement? Lorsqu'il sourit, son éclatante beauté se développe.

---

[1] Nᵒ 14 de la Collection hindî de W. Price.

[2] Les Indiens distinguent huit principales odeurs ainsi que huit saveurs différentes.

[3] Nᵒ 6 de la Collection hindî de W. Price.

On dirait que ses dents sont une rangée de perles, ou que ce sont des fleurs de la plante nommée *poé* [1].

Le bel habitant de la ville de Braj, le jeune prince, le maître qui est notre voie se manifeste, lui qui charme l'esprit.

Surdâs reconnaît le Seigneur à cette apparence enchanteresse. C'est en lui qu'il espère [2].

Wischnupad.

Donne-moi ma flûte, ô ma chère Radhâ !

Cette flûte en qui mon âme habite, cette flûte m'a été dérobée.

O ma chère Radhâ ! donne-moi ma flûte.

Je l'ai cherchée avec soin dans chaque angle de Brindaban. Ainsi dit Narâyan (Krischna) jouant sous le *banci-bat* (arbre), ô belle et jeune fille !

O ma chère Radhâ ! donne-moi donc ma flûte [3].

Wischupad de Surdâs, en dialogue.

Radhâ. Où avez-vous veillé cette nuit, ô fils de Nand (Krischna)? où avez-vous donc veillé cette nuit?

Krischna. Pendant cette nuit, l'insomnie et le sommeil se sont tour à tour emparés de mes yeux. Au matin, je suis allé te chercher.

Radhâ. O fils de Nand, où avez-vous veillé pendant cette nuit?

Krischna. Le seigneur Krischna lui-même se sacrifierait pour admirer tes pieds de lotus : c'est Surdâs qui l'assure.

Radhâ. O fils de Nand, où avez-vous donc veillé cette nuit [4] ?

Pad à Sivâ.

Il a un corps humain, couvert de poussière, mais sans vêtement. Il s'avance dans cet appareil.

J'ignore à quel pays appartient ce costume. J'ignore pour quelle belle il s'est ainsi ajusté.

Sur sa tête sont des cheveux embrouillés, de la couleur des nuages. On dirait le Gange lorsque l'eau des cieux augmente sa fluctuation.

A sa main gauche est le *triçûl* (trident), à sa droite un *damra* (petit tambour) dont il tire des sons ; il conduit (avec lui) les esprits et les revenants (pisâch), munis de tambours et de peaux de tigre.

Les huit sidhîs (pouvoirs de la nature), les neuf trésors (de Kuvéra) sont devant lui, il en dispose à son gré.

Quand les gens de Braj virent devant eux cette forme effrayante, ils jetèrent des cris.

Partout les vaches bondirent, partout les jeunes filles et les jeunes bergers allèrent se cacher.

---

[1] *Basella alba.*
[2] N° 16 de la Collect. hindi de W. Price.
[3] Collect. hindi de Price, n° 56.
[4] Ibid., n° 57.

Ainsi se manifeste l'insouciant Sivâ avec les surâs, les hommes et les munîs : il est cependant agréable au cœur.

O mon esprit! adore-le. J'ai chanté sa louange au matin sur le râg du badron [1].

Pad de Paramânand-dâs.

Je demande, ô héros Bala-Râm! d'affectionner constamment les pieds de lotus de Krischna et aussi d'aimer les dévots à Hari.

Accorde à ces dévots l'union, fais qu'ils méditent sur le corps noir de l'objet de leur culte.

Je n'ai cessé ni jour ni nuit de souhaiter d'exécuter mon ablution dans l'onde agitée.

Il est agréable à l'esprit d'entendre l'histoire de Krischna.

Donnez-moi une habitation conforme à mon désir sur le bord de la Jamuna [2].

Pour Paramânand-dâs, le maître de Gokul (Krischna) aura toujours de la longanimité [3].

Pad de Surdâs.

Jaçoda répète ceci à plusieurs reprises : Y a-t-il un de mes amis en Braj qui puisse empêcher Gopal (Krischna) de s'en aller?

Il a dit que ses affaires l'ont appelé à Mathura.... Suphalak est venu, comme la mort, prendre mes fils qui me sont aussi chers que la vie.

Mes deux fils Hari et Bal connaissent le sacrifice de l'arc [4].

Comme la fourmi, nous éviterons l'éléphant (disent-ils) ; mais quelle confiance peut concevoir mon esprit?

Si tu me jettes dans la douleur (ô Krischna), diras-tu que tu agis convenablement?

N'y a-t-il personne qui aille faire entendre raison au ministre de Kans?

Moi, sachant ce qui se passe, je suis venue en Brindaban dans ce mois aux mauvais jours.

A cause de ce roi de la mort (Kans), au milieu du bonheur de l'âme dont je jouissais, j'ai ressenti de la douleur.

Je ne fais que tomber et me relever; mon corps de lotus se flétrit.

O Surdâs, de même que sans eau la nature est languissante, telle est (sans Krischna) l'épouse de Nand.

Oui, Jaçoda répète ces mots: Y a-t-il quelqu'un de mes amis qui puisse empêcher Gopal de s'en aller [5]?

---

[1] Nom d'un mode musical. Voyez le texte de ce morceau dans les Hindee and hindoostance selections, n° 186 de la Collect. hindi.

[2] Où Wischnu se baigna si souvent.

[3] Hindee and hind. select., n° 192.

[4] Allusion, je crois, à l'aventure des lutteurs que Kans excita contre Krischna et Bal Sen. Voyez les extraits du Prem Sâgar, dans mon *Hist. de la Littér. hind.*, t. II, p. 171.

[5] N° 195. Ce pad est très célèbre. On rapporte que le fameux Miyân Tân Sen le chanta un jour devant le sultan Akbar, et que la première strophe (pad arthâl) fut expliquée de cinq manières différentes par le kalawant Tân, le ministre Birbhal, l'ingénieur Toral-Mal, le poète Faïzi, et le nabâb Khân-Khânân, à cause du mot *bâr*, qui a en effet en hindoustani plusieurs signiûcations.

Pad d'Hariwâ.

Hariwâ [1] dit : Craignez, craignez! L'être à qui Siva et Brahma pensent (Wischnu) c'est celui qui est annoncé dans le Véda [2].

Pourquoi oublierais-tu le nom de Hari, toi qui célèbres les louanges de la divinité? Craignez, craignez!

Près du gouffre de Kalidah, ô Krischna, tu as percé le sein de Pâtna qui avait pris l'apparence de ta mère.

Tu as tué Kans ton parent maternel après l'avoir saisi par les cheveux. Craignez, craignez! ainsi dit Hariwâ [3].

Pad á la louange du Gange (qu'on chante avant de s'y baigner).

Bénie soit la respectable rivière du Gange!

Elle est comme un instrument tranchant pour enlever les péchés. Oui, c'est un instrument pour enlever les péchés.

Bénie soit la respectable rivière du Gange!

Celui qui méditera sur les trois dieux (les trois personnes de la trinité hindoue), obtiendra le fruit (de la méditation), sans avoir besoin d'offrir de sacrifice. Bénie soit, etc. [4].

Voici maintenant des chants mythologiques qui peuvent en même temps être considérés comme érotiques. Ce sont ceux qui célèbrent les jeux des gopies avec Krischna et que des poètes ont en même temps mis dans la bouche de ces bergères qui furent les compagnes de ce dieu incarné. Le peuple les chante fréquemment, surtout les laitières, qui dansent en même temps avec leurs pots à lait [5] sur la tête, rappelant ainsi les anciens jeux des gopies [6]. S'il était permis de comparer le sacré au profane, on pourrait dire que ces chants sont pour les Indiens ce qu'est pour les Juifs et pour nous le Cantique des cantiques.

1er Pad d'Anand.

Dites, quand serons-nous unis? ô charmant ami, ô Krischna, quand serons-nous unis?

Oui, le récit de mon secret sera compris, tout le monde le saura. Les gens de la ville en feront l'objet de leur entretien, et surtout le gurû. Hélas! mon âme est troublée actuellement!

Dites, etc. (le refrain).

Lorsque tu parcours le chemin, tes regards agaçants séduisent le cœur. Tu

[1] Un des noms d'Indra.
[2] Bâni ; ce mot désigne aussi la déesse de l'éloquence, Saraswatî.
[3] No 198.
[4] No 60.
[5] Ces vases, qui sont fort grands, ont la forme de nos pots à miel.
[6] On peut lire dans la relation du voyage de l'évêque Heber, la description d'une de ces danses singulières ; t. II, p. 326.

jettes le filet de tes regards, tu prends toutes les âmes et tu les attires à toi. J'ai perdu l'intelligence et la sagesse, et jusqu'au sentiment de mon existence. Depuis que je me suis ainsi évanouie, je suis troublée par la crainte; mais j'éprouve de la satisfaction quand je me plonge dans l'eau.

Dites, etc.

Ses lèvres ayant tiré des sons de la flûte, il a fait entendre des mantras (charmes) de toute espèce. Dès ce moment j'ai peur comme une folle, mais qui me comprendra?

Dites, etc.

Quand je me suis réveillée j'ai trouvé que tous les ornements dont je m'étais parée avaient été gâtés; est-ce à Krischna, est-ce à moi-même qu'est dû tout ce désordre? Je l'ignore entièrement, et maintenant qui dira que ma toilette est faite?

Dites, etc.

O Anand, ainsi parlait la belle affligée : Je parviendrai bien, disait-elle, à m'unir à Krischna.

Dites, etc. [1].

2e Pad.

O toi qui es ivre de sommeil, réveille-toi! (On chante ces mots trois fois).

Toute la nuit s'est passée pour moi dans l'agitation, ô mon bien aimé! Déjà l'aurore paraît, serre-moi contre ton cou. O toi qui es ivre de sommeil, réveille-toi!

C'est par l'accomplissement d'une bonne œuvre que j'ai obtenu la faveur de ta société. Oh! ma fortune est grande! Réveille-toi donc, ô toi qui es ivre de sommeil!

Déjà la pensée de ta prochaine absence agit sur moi, elle détruit tout sentiment en mon esprit et en mon corps. Jour et nuit le feu de l'amour se manifeste en moi [2].

3e Pad.

Je me suis réveillée en pensant à toi. (Trois fois).

Sans toi pas de contentement pour moi. Ton amour a enflammé mon cœur. Moi avec toi (tel est mon désir).

Jour et nuit la tristesse m'accable. Mon esprit reste agité. Rien ne plaît à mon cœur.

Place ici tes pieds [3] avec confiance, et que je t'applique, ô Krischna! sur ma poitrine.

O mon bien-aimé! je me suis réveillée en pensant à toi [4].

4e Pad, de Surdâs.

O mon amie, je te l'ai amené, selon ton désir. Je t'ai amené le maître de la vie (Krischna), celui qui donne le repos. Offre-lui en sacrifice ton corps, ton esprit, tes richesses. Reste attachée à ses pieds.

[1] Collect. de W. Price, no 2.
[2] Ibid., no 27.
[3] Manière respectueuse de parler pour dire « viens ici. »
[4] No 29 de la Collection W. Price.

Si tu es dans ces sentiments, comment ne demeureras-tu pas avec le roi des gopies, pour être sa fidèle servante ?

Ta bonne fortune s'est aujourd'hui réveillée, puisque tu as une entrevue avec le roi des Yadus.

Le noir (Krischna) qui donne le bien-être s'est rendu aux prières que je lui ai faites de ta part. Je l'ai conduit auprès de toi.

Es-tu contente de ce que j'ai fait, ô belle gopie, reconnais-tu le service que je t'ai rendu ?

Dis-lui : O toi dont le visage ressemble à la lune (Krischna), regarde de mon côté !

Je suis disposée à prendre sur moi les malheurs qui pourraient te survenir, ô toi qui fais mon bonheur.

Oui, Surdâs s'offrira en holocauste sanglant pour le beau Krischna, sans la rédemption duquel il n'y a pas de maison fortunée [1].

5e *Pad, de Surdâs.*

L'absence de (Krischna) m'afflige extrêmement.

Je suis dans la désolation. La flamme de l'amour s'agite *dans mon cœur* ; elle consume mon esprit et le met dans la désolation...

La flamme de l'amour me consumerait quand même je n'aurais pas de corps. En s'attachant à moi elle me pénètre des vraies doctrines de l'amour. Ma vie a été réduite en cendre par cette flamme.

Hari, Hari, Hari, toi qui charmes mon être ! ah ! viens au plus tôt savoir de mes nouvelles ! Si tu le refuses, malgré ma jeunesse je me ferai *sati* [2], et je me brûlerai en célébrant mon amour. Ainsi, ô Surdâs ! la gopie tourmentée par les peines de l'absence se rend Hari propice [3].

6e *Pad.*

Veillez, soyez attentives, ô mes compagnes ! mon bien-aimé s'avance.

O mes amis, l'éclair qui brille en différents endroits jette mon esprit dans un trouble extrême.

Tandis que le papiha fait entendre son chant, ô mes compagnes, mon aimable ami est dans un pays étranger, et cependant la saison de la pluie est venue [4].

Nous disons toutes : « Que Hari paraisse, autrement nous nous abandonnerons à une excessive douleur. » Quand trouverons-nous la joie et le bonheur ? O beau, brun, noir Krischna !

Veillez, veillez, il vient [5].

7e *Pad, de Rasrang.*

Oh ! comme est aujourd'hui artistement orné le front de mon bien-aimé (Krischna) ! Un beau turban embellit sa tête.

---

[1] Collect. W. Price, no 33.

[2] C'est le nom qu'on donne aux veuves indiennes qui se brûlent avec le cadavre de leurs maris.

[3] No 34. Dans ce chant et dans tous ceux de Surdâs, on trouve quelques mots arabes et persans.

[4] C'est celle que les Indiens considèrent comme la saison de l'amour.

[5] No 109.

La flûte brille sur ses lèvres, et elle est fixée à sa belle main qui a l'agréable couleur d'or.

O Rasrang! le gurû a beau être bienveillant; sans la grâce on ne saurait voir ces choses.

Mon amie, oh! comme est aujourd'hui artistement orné le front de mon bien-aimé (Krischna)! Un beau turban embellit sa tête[1].

8e Pad, de Surdâs.

O Hari aux yeux de lotus, goûtez du beurre et du pain, prenez une coupe d'eau de chanvre, du lait aigre et des fruits de toute espèce, des pistaches, du raisin, de beaux cocos, des pommes, des jujubes et du lait de vache dont de jolis enfants rempliront pour vous des tasses.

Tous sont venus et ont placé devant vous du riz cuit, des sauces et des mets des six saveurs.

O Surdâs! le maître, le noir et intelligent Krischna prend un peu de nourriture et il en est charmé[2].

9e Pad.

Quelqu'un vous comprend-il, adolescent Krischna?

Une jeune fille simple à l'âge le plus tendre de l'adolescence, le corps couvert d'une étoffe bleue, sage et spirituelle... Comment dirai-je la beauté de ce visage semblable au soleil quand il se lève? Lorsqu'elle va du côté de l'arbre de Krischna, le bosquet se réjouit. Elle dit à Krischna: « Si vous allez là je m'y rendrai ; faites aujourd'hui une nouvelle connaissance. » Quelqu'un vous comprend-il, ô jeune Krischna[3]? »

10e Pad, de Surdâs.

J'ai trouvé, ô mon amie, le voleur de mon cœur.

Pendant longtemps j'ai cherché jour et nuit et tous mes soins ont été sans résultat. Alors, j'ai dit : Ceci est étonnant. Dans quel endroit mon bien-aimé est-il donc allé?

J'observe toujours le rite de l'amour. Je frémis en y appliquant mon esprit...

J'ai fait bien des recherches, et enfin une amie m'a indiqué *où il était*.

J'ai trouvé le voleur de mon cœur à Kalidah, lorsqu'il allait auprès de Jaçoda.

O Surdâs, la terre appartient à celui qui est appelé *voleur de cœur*. O mon amie, c'est le voleur de mon cœur[4].

1er Tappâ.

Des cloches se sont formées à mes pieds par la fatigue que m'a occasionnée la recherche de cet enchanteur (Krischna). J'ai erré çà et là, et des cloches se sont formées à mes pieds.

[1] W. Price, Collection hindi, n° 111.
[2] N° 187.
[3] N° 190.
[4] N° 137.

J'ai cherché dans une forêt, j'ai cherché dans toutes les forêts, là où coulent des ruisseaux et des rivières.

A mes pieds se sont formées des cloches [1].

2ᵉ *Tappâ.*

Oh! fixe tes yeux *sur nous*, sinon retire-toi et rends-nous la vie, ô beau (Krischna) qui ravis les cœurs. Tiens tes yeux fixés *sur nous.*

Toi dont le visage riant donne au cœur une excessive joie, ne sois pas retenu dans ton cœur par une funeste hésitation.

Oh! fixe tes yeux sur nous [2]!

3ᵉ *Tappâ* (en dialogue).

La Gopie. Dresse une escarpolette, ô charpentier!

Le Charpentier. Si je fais cette escarpolette avec du bois de sandal, je voudrais savoir laquelle d'entre vous Krischna balancera.

Dresse une escarpolette, ô charpentier [3]!

Hori.

Je vais vendre du dahî (lait caillé). Krischna a relevé mon voile. Je vais vendre du dahî.

Si vous désirez, ô Krischna, avoir du dahî, apportez une feuille d'arbre et je vous y mettrai du dahî.

J'ai un collier de perles de la valeur d'un lakh de roupies, mais une rangée s'est brisée.

Krischna a soulevé mon voile quand j'allais vendre du dahî [4].

Kabit de Râm-Praçad.

Je sacrifierais des millions d'individus pour ce beau corps qui a la couleur du kokilâ. Je donnerais des millions de lunes pour le soleil brillant de ta face, et des millions de soleils pour ton aimable douceur. Oui, des millions de soleils pour tes yeux bleus comme le lotus.

Ah! viens habiter dans l'âme de Râm-Praçad! Je sacrifierais volontiers les quatre Védas, les six Schastars, les dix-huit Purânas, que dis-je? les trois mondes, ô Krischna, pour un seul instant de méditation sur toi [5].

Pour terminer les chants des gopies, je vais en donner quelques-uns qui sont relatifs au message que Krischna absent leur avait envoyé par l'entremise d'Udho, pour les consoler et les engager à la pénitence et à la prière, afin que son esprit fût toujours au milieu d'elles [6].

---

[1] W. Price, Collect. hindi, nᵒ 124.
[2] Nᵒ 161.
[3] Nᵒ 159.
[4] Nᵒ 71.
[5] Nᵒ 78.
[6] Voyez les Extraits du Prem Sâgar, p. 123 et suiv.

1er Pad.

Oui, Krischna n'éprouve aucun sentiment d'amour pour nous. O Udho ! Krischna est un enchanteur, mais il ne se laisse pas fasciner lui-même.

Fais entendre nos paroles à l'être qui est sans défaut et qui a toutes les qualités, afin qu'il fasse venir auprès de lui celle de nous qu'il voudra. Le chemin pour se rendre à la ville de notre amant est difficile comme le tranchant du sabre.

O Udho ! Krischna n'éprouve aucun sentiment d'amour pour nous [1] !

2e Pad.

Marchons, mes amies, parées de nos ornements. Allons là où est le beau Krischna.

Je vais tandis que les autres reviennent, m'étant couverte d'une robe jaune.

En riant et souriant il s'est emparé de notre esprit; tout en récitant des charmes il m'enchante. Je ne laisse pas que d'être effrayée.

Peut-être ne reviendra-t-il pas ici, et je serai le jouet des voleurs et des voleuses.

Mon amie s'en est allée après avoir pris le dessin que j'avais à la main. Pourquoi s'amuserait-elle à m'interroger? Je suis fatiguée à force d'attendre sous l'arbre de Krischna (bancî-bat). Ma raison m'a quittée, j'ai oublié mes résolutions [2].

3e Pad.

O fils de Nand! mes yeux sont pleins de ton éclat.

Je suis allée sur la rive de la Jamuna. Tout à coup sa vue a pénétré dans mon cœur; lorsque cette idole s'est montrée à mes regards, toute pudeur et toute honte envers mes compagnes et ma famille a disparu. Sur sa belle joue, ses boucles de cheveux luisants semblent des serpents qui entoureraient la lune dans la saison nommée sarad (l'été). Son cou est admirable, sa beauté agaçante; un collier de perles orne sa poitrine. Ses noirs cheveux sont dignes d'attirer l'attention, ses yeux expriment le plus agréable sourire [3].

Passons actuellement aux chants philosophiques et religieux musulmans, et, pour suivre un ordre conforme à celui que j'ai suivi dans les chants hindous, commençons par les morceaux philosophiques:

Gazal de Saudá.

La chaleur de mon discours guérit la blessure du cœur, comme les mouchettes poudreuses ravivent la mèche de la bougie.

La tyrannie ne produit ni fleurs ni fruit. Vit-on jamais que le champ dévasté par l'épée fût verdoyant?

O schaïkh, tu détruis la pagode et tu bâtis ta mosquée; mais le brahmane saura bien reconstruire son temple. Aprends de Saudâ que l'homme ne peut

W. Price, Collect. hindî, n° 5.

2

rien contre l'or et l'argent. Il aurait mieux valu laisser dans la terre cette pierre philosophale.

Gazal de Jawân.

Les jours de la jeunesse sont comme le printemps; lorsque la vieillesse arrive, c'est alors la saison de l'automne.

Ne te laisse pas aller à la négligence; considère le temps actuel comme une proie que tu dois saisir. Si tu es sage, écoute de l'oreille de ton âme mon avis.

Lorsque tes cheveux blanchis te porteront le message de la mort, ce ne sera plus le temps d'agir; maintenant que tu en as encore le pouvoir, fais tes préparatifs.

Si tu as la moindre intelligence, mets une différence, ô mon ami, entre le blanc et le noir, entre les révolutions du jour et celles de la nuit.

Acquiers la science et fais de bonnes œuvres. Le véritable honneur de l'homme en ce monde consiste en ces deux choses.....

La langue des lâches qui l'allongent pour la faire servir à leur haine, et la plume de ceux qui l'emploient à calomnier sont pareilles à l'épée tranchante.

Les hommes tuent la bonne réputation avec le souffle de l'envie, et ces assassins ne sont eux-mêmes propres à rien.

Que reste-t-il aujourd'hui de Nourschirwân, de Hâtim et de Rustam, sinon leur bonne réputation dont on se souviendra toujours?

Sois juste, brave et généreux, tu pratiqueras ainsi trois vertus dont l'appréciation est bien établie dans le monde.

Je ne reconnais comme réellement beau que ce qui est impérissable. Pourquoi ton cœur est-il agité pour une beauté accidentelle?

Ne te laisse pas enivrer par le vin de l'orgueil; cette fatale ivresse n'aurait pour toi d'autre résultat qu'un vertige passager.

Jawân, heureux celui qui n'éprouve de trouble de la part de personne; son cœur, comme le miroir d'acier soigneusement recouvert, ne sera pas souillé par la poussière du chagrin [1].

Les chants religieux musulmans proprement dits consistent surtout en marsiyas ou complaintes sur Haçan, Huçaïn et autres martyrs de Karbala. J'ai donné ailleurs [2] la traduction du marsiya de Miskîn, un des poèmes les plus célèbres en ce genre. En voici quelques fragments:

Huçaïn s'adressant à ses compagnons, leur dit : O mes frères, mon général, Muslim, est mort, demain j'aurai moi-même la tête tranchée. Prenez vos épées et vos piques, quittez ces lieux, l'ennemi est encore éloigné.

Ses compagnons répondirent : Nous t'accompagnerons. Crois-tu que pour avoir entendu retentir le mot de *mort* à nos oreilles nous t'abandonnions? Comment oserions-nous montrer *demain* [3] notre visage au Prophète et à Alî? Mon frère, nous boirons avec toi la coupe du trépas.

[1] Gilchrist's East-India guide, p. 279.
[2] A la suite des Séances de Haïdarî, traduites par M. l'abbé Bertrand.
[3] Expression métaphorique pour signifier le jour de la résurrection.

Lorsque la princesse femme de Huçaïn fut informée des dispositions qu'on prenait, elle s'écria : O mon roi, que ferai-je si je te survis?... Qui me recevra dans sa maison pour que je puisse vivre dans un veuvage conforme à mes désirs?

S'il est décidé que tu doives mourir par l'épée, dis-moi où tu as fait préparer mon propre tombeau. Si on se sert pour toi du poignard, emploie la bêche pour creuser la fosse qui recevra mon corps....

Zuleïkhâ put-elle se résigner à être privée de Joseph, elle qui l'aurait pleuré jusqu'au jour de la résurrection? En apprenant qu'il n'était plus, elle mourut de chagrin. Quant à moi, je mourrai à l'instant où je te perdrai, ô mon prince!

Le roi Huçaïn ayant entendu tout ce qu'avait dit la reine, dont le cœur était consumé par la douleur, lui répondit : Je n'ai pas la force d'écouter tes plaintes. Dieu est le gardien de ton honneur et du mien. Soumettons-nous à notre sort, et cesse de faire entendre des gémissements et des lamentations.

Pendant ces pourparlers, le jour arriva et les nuées du destin entourèrent le Roi de tous côtés. Il voulut boire de l'eau, et il n'en obtint pas une goutte. A son gosier altéré le sort n'offrit qu'un poignard.

Les compagnons chéris de Huçaïn ayant été massacrés en masse, leurs têtes, séparées du corps, furent placées sur des piques. On fit sortir en désordre de leurs tentes toutes les dames du harem, sans voile qui leur couvrît le visage.

On mit en avant des prisonniers, pour faire les fonctions de chamelier, Abid, qui était malade et languissant. Tout faible qu'il était, il lui fallut marcher sans chaussure sur les épines de la route....

La reine, qui pleurait amèrement auprès du cadavre de son époux, sortit désolée de sa tente devant l'armée des Syriens. Et celui qui avait massacré Huçaïn la conduisit (avec Abid et ses compagnes d'infortune) auprès de cet homme au noir visage qui avait anéanti la maison de Muslim en faisant périr jusqu'à ses orphelins.

Ce meurtrier donna ordre d'appeler au plus tôt le bourreau, et lui dit : Tranchez la tête à l'enfant (Abid) qui est ici présent. Quant aux femmes, faites-les périr de faim, ou bien donnez-leur à boire de l'eau salée brûlante....

Mais *Miskin* n'a plus la force de continuer le récit de ces funestes événements, ni de parler encore de l'extrême douleur de ceux qui pleuraient sur le corps de Huçaïn. Toutefois il ajoutera un dernier hémistiche propre à être répété chaque jour à l'aurore : *Maudits soient les Syriens, béni soit Huçaïn !*

III

CHANTS ÉROTIQUES.

Nous voici arrivés aux chants érotiques, aux chants des gynécées, aux chants érotico-mystiques des poètes musulmans.

Dhurpad.

Une femme gracieuse est debout à une fenêtre de sa maison : elle est revêtue d'une robe bleue bordée d'une frange de perles.

Ses joues vermeilles sont pareilles au fruit du *bimb* [1] ; son nez, d'une forme parfaite, est orné de l'anneau nommé *bêçar*.

Une femme gracieuse est debout, etc.

Les noires et nombreuses tresses de ses cheveux, pareilles à des serpents, se détachent de sa tête et l'entourent de leurs sinuosités.

Elle a eu soin de teindre d'un noir collyre le bord de ses yeux pour en relever la beauté. Comment le voyageur qui passe dans la rue où est située cette fenêtre du harem n'admirera-t-il pas cet étonnant spectacle ?

Une femme gracieuse est debout [2], etc.

1er *Tappâ.*

Le bonheur parfait de la vie est certainement de se mettre au service d'une belle.

Rester uni avec cette idole chérie, rire et jouer, supporter ses injures, demeurer content : tel doit être mon sort, ô ma bien-aimée !

Le bonheur parfait de la vie est certainement de se mettre au service d'une belle [3].

2° *Tappâ.*

La douleur de l'amour est un plaisir.

On passe avec une excessive satisfaction sa vie lorsque la compagnie d'une belle vous la rend douce et agréable.

La douleur de l'amour est un plaisir [4].

Nous allons placer ici des chants érotiques musulmans. Commençons par deux gazals du célèbre et malheureux Schâh-Alam, qui occupe un rang distingué parmi les poètes ourdous.

Gazal d'Aftâb (Schâh-Alam).

Je ne puis te résister, que ferai-je ? Je déchirerai mon collet et t'adresserai des injures. Quoique tu dusses me mettre en fuite par ton mauvais caractère, vois néanmoins que je t'obéis.

Pendant que le monde suit son cours, je me plains de toi, sans me mettre en peine des changements qu'opère le temps.

O ma bien-aimée, ton absence m'a jeté dans la stupéfaction. La nuit, le jour et le matin sont pour moi aussi tristes que le soir...

C'est Dieu qui m'a fait Roi du monde (Schâh-Alam); pourquoi ne le remercierais-je pas de sa bonté [5] ?

Autre gazal du même.

L'image du visage de celle qui a mon affection est dans mes yeux ; les manières aimables de cette femme charmante ont pénétré mon cœur.

---

[1] Le *bryonia grandis* de Linnée.
[2] W. Price, Collect. hindi, n° 26
[3] Ibid., n° 112.
[4] Ibid., n° 117.
 W. Price, Collect. urdû, n° 139.

Ma bien-aimée, dont la bouche ressemble à un bouton de rose, a-t-elle besoin de parler, elle qui sait dire ce qu'elle veut par un sourire de ses lèvres? Comment le miroir ne se liquéfierait-il pas de honte en voyant l'excellence de ta pure beauté? Par la jalousie qu'il éprouve de tes lèvres et de ta bouche le bouton en a le cœur blessé et la rose le sein déchiré.

Quelle fausse comparaison ne font pas les poètes en assimilant à ton élégante stature le cyprès aux pieds immobiles?

Mon cœur dans tes liens est pareil à tón pied teint de hinna serré par le gungrû.

Ton œil noir a troublé mon cœur et m'a fait perdre la religion. On pourrait le comparer au vitriol bleu, si ce métal avait les mêmes propriétés.

Je t'aime, ô ma chérie! et tu es attachée à un autre; avec qui un pareil pacte pourrait-il avoir lieu?

O soleil du monde (Aftâb-i-Alam), sois toujours brillant dans l'univers! Ô âme du monde, je te fais cette prière [1].

Autre gazal.

T'appellerai-je le malheur du cœur, ou bien l'ennemi de l'âme? Te dirai-je un reflet de la lumière de Dieu, ou parlerai-je de la jalousie que tu inspires aux belles? Dirai-je que tu fais envie à la rose, ou comparerai-je ta bouche au bouton de cette fleur? Parlerai-je de ta charmante taille et te comparerai-je à un cyprès ambulant? T'appellerai-je la lune de Canaan (Joseph) ou la reine de la beauté? Te considérerai-je comme une houri du paradis ou comme plus belle que les péris [2]?

1er Gazal de Rizá.

O mon cœur! sois toujours pour cette bougie comme le papillon, oui, comme le papillon. Sois fou, oui, sois fou pour le printemps récent de cette beauté.

O mon amie, quoique les liaisons d'amour soient ici considérées, sois étrangère, oui, sois étrangère à ces liaisons d'amour.

Dans l'agitation du plaisir, la coupe en main, elle vient vers moi. O mon cœur! sois ivre, oui, sois ivre de joie et mets de côté toute cérémonie.

Cette belle aux manières gracieuses écoute mon discours avec tendresse. O toi qui dépasses tout ce que l'esprit et le cœur peuvent désirer, reste, au moins pour moi, une illusion, oui, une douce illusion [3].

2e Gazal de Rizá.

Hélas! tu n'as pas connu la valeur de mes soupirs, hélas! tu n'as voulu reconnaître en rien mon mérite.

Devant qui dirai-je l'histoire de ma douleur? Hélas! personne n'écouterait cette histoire.

Si mon cœur avait à exprimer cette douleur, comment le ferait-il? Hélas! sous ma propre aisselle [4] se trouve mon ennemi mortel.

[1] W. Price, Collect. urdú, nº 140.
[2] Ibid., nº 101.
[3] Ibid., nº 93.
[4] C'est-à-dire en moi-même.

L'humidité de l'œil, la faiblesse du corps, la sécheresse des lèvres, la pâleur du visage, hélas! tel est l'indice de la maladie de l'amour.

O Rizâ! en voyant ton état j'en ai compassion; hélas! ta jeunesse s'est promptement et vainement évanouie [1].

3ᵉ Gazal de Rizâ.

Quoique l'amour ne m'ait procuré que peine, chagrin, douleur, tourment, j'ai supporté joyeusement cette peine, ce chagrin, cette douleur, ce tourment.

Il est inutile que mon cœur soupire, je le sais; mais comment se résignera-t-il quand il saura que pour toujours lui sont réservées ces quatre choses : peine, chagrin, douleur, tourments.

Il ne m'est pas donné de jouir des plaisirs et des divertissements. Que ferai-je? J'ai reçu en partage, au contraire, la peine, le chagrin, la douleur, les tourments.

Jusqu'à quand mon cœur supportera-t-il ta tyrannie et ta violence? Dieu! toute limite est dépassée par la peine, le chagrin, la douleur, les tourments.

O reine des belles! il faut aujourd'hui que tu me traites enfin favorablement. Comment, en effet, pauvre malheureux, pourrai-je endurer plus longtemps la peine, le chagrin, la douleur, les tourments?

Rizâ, la reconnaissance envers ton amie est encore ce qu'il y a toujours pour toi de préférable, quoiqu'elle t'ait fait constamment ressentir la peine, le chagrin, la douleur, les tourments [2].

Gazal de Dard.

Mes cils humides sont comme le sarment de vigne *qui dégoutte* lorsqu'on le coupe. Que dire de mon·état, si ce n'est que le malheur est arrivé jusqu'à moi?... Chaque soir je suis troublé dans mon existence comme le soir nébuleux. A chaque aurore je déchire de douleur le collet de mon vêtement comme l'aurore (que semble déchirer le soleil en se montrant sur l'horizon). L'odeur de cette rose s'imprègne bien à moi; mais, hélas! elle est pour moi comme le souffle passager du zéphyr. Mon cœur ardent désire de n'être pas tranquille après ma mort dans l'angle du tombeau. O douleur (Dard)! mon affaire s'est entièrement terminée avec prudence, et cependant, en proie à la mélancolie, je ne cesse de répandre des larmes [3].

1ᵉʳ Gazal de Saudâ.

O rossignol! dis-moi dans le jardin de qui se trouvent ces dangereux buveurs? Toutes les bouteilles sont brisées, tous les boutons de fleurs sont par terre. Deux plats pleins d'or et d'argent sont disposés pour faire le *niçâr* [4] de ma belle amie. L'or représente le soleil et la lune l'argent. Dis-moi donc, ô chasseur! qui a fait connaître au pigeon, dans le filet où tu l'as pris, le trouble

---

[1] Coll. hindi, nº 119.
[2] Ibid., nº 135.
[3] Ibid., nº 121.
[4] Cérémonie qui consiste à jeter des pièces de monnaie d'or et d'argent et des pierreries sur la tête d'une nouvelle mariée.

de mon cœur? Farhâd et Caïs ont péri [1], l'état de Saudâ est pareil au leur. Ah! que de troubles domestiques l'amour n'a-t-il pas produits [2].

2° *Gazal de Saudâ.*

Dis-moi que sont devenus tes serments, toi qui actuellement ne peux ouvrir la bouche sans t'emparer du cœur?

Chacune de tes paroles est un mot agréable, chaque expression une allégorie, chaque mouvement une allusion; enfin, chaque instant est marqué par d'agréables plaisanteries...

Le manteau qui orne la taille de la rose n'est pas fendu avec autant de grâce que ton charmant corset lorsqu'il se déchire [3] sur ta poitrine.

Comment le cœur ne trouverait-il pas le repos dans l'angle de tes yeux? là les cils ne peuvent le percer ni les regards s'en rendre maîtres.

As-tu besoin de teindre de hinna l'extrémité de tes doigts, puisque tu les plonges dans le sang de ton amant candide?

Mais tandis que les beautés de l'Inde sont froides comme la neige, les bayadères du Caboul sont pleines d'affection.

Et le cœur de Saudâ est enlacé aux cheveux de sa bien-aimée, le peigne ne saurait l'en détacher [4].

3° *Gazal de Saudâ.*

Pendant des années, ô mon idole, j'ai poussé les gémissements du rossignol; mais, hélas! je n'ai pas produit d'effet sur ton cœur un seul jour.

Tue-moi, et tranche ainsi l'espèce de nœud qui s'est formé dans mon esprit...

Je ne me lèverai pas même au jour de la résurrection, car j'ai assez souffert de peines, et ma vie m'a rassasié des deux mondes.

Hélas! un nœud ne s'est pas défait dans le fil de ma destinée, malgré la peine que, dans ma faiblesse, je me suis donnée pour le dénouer.

Combien de gens qui dédaignaient les discours mystérieux que Saudâ cependant a su enchaîner par ses hémistiches bien mesurés [5]!

4° *Gazal de Saudâ.*

Lorsque mon cœur a été libre de tes liens j'ai beaucoup pleuré; je me suis souvenu du plaisir de l'esclavage, et j'ai beaucoup pleuré.

Comme Manès avait tiré mon portrait sans le tien (dont il ne doit pas être séparé), Bihzâd [6] ayant compris ce que cela signifiait, a beaucoup pleuré.

Tes gémissements, ô rossignol, n'ont pas excité la sympathie de la rose, mais le chasseur ayant entendu ma plainte a beaucoup pleuré.

---

[1] Nom de deux amants célèbres. Le dernier est plus connu sous le surnom de *Majnûn*, ou « insensé. »

[2] W. Price, Collect. urdû, n° 123.

[3] Les corsets dans l'Inde sont en étoffe légère, souvent en mousseline.

[4] W. Price, Collect. urdû, n° 79.

[5] Ibid., n° 105.

[6] C'est le surnom d'Isfendyar, fils de Guschtasp, roi de Perse, de la dynastie des Achéménides, célèbre dans l'histoire fabuleuse de la Perse par ses combats avec Rustem, le héros du Schâh-Nâma. Le poète paraît se comparer à Bihzâd.

La soif que j'éprouve par l'effet du martyre que j'endure est tellement évidente, que lorsque l'exécuteur a passé de mon côté il a beaucoup pleuré.

En te voyant, des ruisseaux *de larmes* ont coulé dans le jardin, le buis, jaloux de ta taille, a beaucoup pleuré.

Si le miroir (d'acier) semble être couvert d'eau, savez-vous quel en est la cause ? c'est que devant toi, dont le cœur est de pierre, l'acier, malgré sa dureté, a beaucoup pleuré.

J'ai demandé à Saudâ si je dois donner, moi aussi, mon cœur à quelqu'un ; mais Saudâ m'a raconté sa propre histoire et a beaucoup pleuré [1].

5ᵉ *Gazal de Saudâ.*

L'oiseau de mon âme n'avait encore ni plumes ni ailes, lorsque j'ai été retenu dans l'angle de la cage.

J'y resterai pour que tu ne me foules pas aux pieds, ô chasseur, car je ne sais pas même voler encore jusqu'en haut de la muraille.

La blessure de l'épée tyrannique a produit son effet, ô mes amis, il faut à présent me chercher un remède de *zangâr* (vert de gris).

Si le Très-Haut laisse vivre cette belle dans ce monde, c'est que la laideur de sa conduite n'est pas encore connue au ciel.

C'est pour prendre part au deuil de Caïs (Majnûn) et de Farhâd que jusqu'à présent, dans le monde, les déserts sont pleins de poussière et les lieux montagneux de ruisseaux de larmes.

Par l'effet de ton éloignement l'état de Saudâ est extraordinaire, on n'a pas encore vu un tel malade [2].

1ᵉʳ *Gazal de Wali.*

Comment la vie ne serait-elle pas à charge à celui qui a reçu une violente atteinte de la flèche de l'amour ?

Celui qu'une étroite amitié unit à un objet chéri gardera ce sentiment jusqu'à l'heure du trépas.

Il n'aura désormais aucun repos dans le monde, l'homme dont l'amour a troublé le repos.

O ma bien-aimée, ton discours est toujours agréable à moi, ton amant sincère.

Ah, dis un mot à Wali, et ce mot sera comme un coup d'épée dans le cœur de mes rivaux [3].

2° *Gazal de Wali.*

Si Dieu le voulait j'en ferais mon amie, et je saurais lui faire apprécier mon discours. Lorsque je décris l'excellence de sa grâce et de sa gentillesse, toutes les belles deviennent, par jalousie, comme la peinture tracée sur un mur. Cette sémillante beauté est bien digne de se vanter elle-même ; en effet, si un fils de fée se présentait il deviendrait lui-même son adorateur. Elle peut bien

---

[1] W. Price, Collect. urdû, n° 99.
[2] Ibid., n° 83.
[3] Ibid., n° 125.

dire en jetant ses regards dans les jardins : « Je rendrai le narcisse amoureux de mon œil. » Tu considères comme un rosaire (musulman) les tresses de ta chevelure, à mon tour je prends, au contraire, chacun de tes cheveux comme un fil du cordon des infidèles brahmanes. Si je recevais la nouvelle de ta venue, fût-elle même fantastique, je rendrais mon cœur, par l'effet de la blessure de l'amour, semblable à un parterre de roses foncées. Que le sort de Walî serait heureux s'il pouvait, au lieu d'un collier, avoir autour du cou les bras de sa belle amie [1].

3e *Gazal de Walî.*

Quels ravages ne font pas les yeux des belles ? par un seul regard elles nous rendent esclaves.

Quand on s'approche d'elles, voyez comme elles vous saluent avec un doux sourire ; leurs regards timides n'osent se lever sur vous, et néanmoins ils produisent leur effet.

Lorsqu'elles laissent tomber sur leurs épaules leurs beaux cheveux noirs, on dirait que la nuit obscurcit l'aurore.

A leurs charmes puissants qui attirent tous les cœurs joignent-elles du moins la fidélité ?

Les gens d'esprit à qui elles adressent la parole sont tellement émus qu'ils ne peuvent leur répondre.

Ces belles aux joues de rose se rendent maîtresses du cœur de Walî par leur gracieuse démarche [2].

1er *Gazal d'Acif.*

Les pleurs qui restent amoncelés dans mes yeux y restent actuellement pendant quelques instants, mais n'y resteront pas toujours.

Ils restent comme des bulles d'eau, ils restent, dis-je, mais n'y resteront pas toujours.

Tu ne quittes pas ton habitude de tyrannie et d'oppression. Par l'effet de l'affliction que tu m'occasionnes, le souffle qui m'est resté m'est bien resté encore, mais il ne me restera pas toujours.

La lune chaque mois prend tout son développement et décline ensuite ; ainsi ta beauté qui reste, reste, à la vérité, mais ne restera pas toujours.

Des gouttes de sueur inondent ton visage, ô belle idole ! mais la rosée qui reste sur la rose y reste bien quelque temps à la vérité, mais n'y reste pas toujours.

Viens promptement, et que ta vue me soit facile. Mon dernier souffle reste actuellement sur mes lèvres ; il y reste, à la vérité, mais il n'y restera pas toujours.

Si Acif trouve au lieu de l'union la séparation, que fera-t-il ? Il peut se faire qu'il reste encore avec son amie ; mais s'il y reste quelque temps, il n'y restera pas toujours [3].

---

[1] W. Price, Collect. urdû, n° 113.

[2] Voyez dans mon édition, p. 68, le texte de ce morceau que Gilchrist a déjà fait connaître dans l'*East India Guide*, p. 267.

[3] W. Price, Collect. urdû, n° 1.

2° Gazal d'Acif.

Depuis que j'ai quitté le seuil de ta porte, il m'a semblé que je quittais les deux mondes.

Je m'étais tellement tenu assis dans ta rue que je ne l'avais pas plus quittée que les traces des pas.

Que dire de l'amour que tu m'as inspiré? j'ai renoncé pour lui à ma réputation, et j'ai quitté tout avantage.

J'ai disparu comme la bougie; écoutez : en un jour j'ai quitté le corps et l'âme.

Pour avoir parlé une fois à mon amie j'ai quitté la force et l'énergie qui me caractérisaient.

J'ai dit en riant, Acif sait bien que des milliers d'hommes ont quitté la vie pour avoir fait la même chose [1].

Gazal de Dâim.

Il n'y a pas dans le jardin de cyprès dont la taille soit aussi élégante que la tienne.

Il n'y a pas dans le Badakhschan de rubis pareil à tes lèvres.

Le soleil et la lune disent au sujet de ta stature à laquelle ils portent envie : il n'y en a pas de pareille parmi les beautés de ce temps.

A qui ferai-je ta description, ô reine des belles; il n'y en a pas de pareille à toi dans le pays de l'Irân.

N'agite pas les boucles de ta chevelure, car les cœurs des malheureux amants qui ont renoncé à la vie y sont retenus prisonniers.

Les armées n'ont pas la force de fuir devant ton sourcil courbé comme le sabre.

Ô sémillante beauté, Dâim est malade, mais il espère trouver enfin le repos: son remède est dans ta vue [2].

Gazal d'un anonyme.

Mon cœur n'éprouve aucun plaisir dans les jardins; la tristesse ne s'éloigne pas de mon cœur, depuis que tes yeux se sont tournés vers moi, ô ma bien-aimée; mais ton insouciance t'empêche de comprendre ce que je te dis!

L'agitation de mon cœur me fait perdre la raison. Ah! ma chère amie! imite toi-même l'égarement de mon cœur.

Ma vie se consume et je ne puis parvenir à mes fins; ô toi qui es ma vie, laisse-moi t'entretenir avant que la vie m'abandonne [3].

Autre Gazal d'un anonyme.

L'amabilité de cette amie, ô tyrannie, est pareille à la beauté de son visage; l'ivresse de ses yeux est maintenant complète; ô malheur! leur éclat qu'entourent les cils est pareil.

[1] W. Price, Collect. urdû, n° 142.
[2] Ibid., n° 114.
[3] L'original de ce chant populaire m'a été communiqué par la digne compagne de mon ami le comte Eusèbe F. de Salles.

Que dirai-je de la droiture de sa taille et de la courbure de sa bouche, si ce n'est que les rubans qui serrent les boucles ambrées de ses cheveux ont un pareil agrément?

Comment quelqu'un sauvera-t-il son âme s'il voit ses manières gracieuses? Le rubis de ses lèvres est homicide, le brillant du missî est pareil...

Ses joues sont comme deux grenades; puis, que dirai-je de son éphélide? L'anneau de son nez est gracieux, et ses narines artistement percées sont pareilles (quant à la grâce).

Que dire de la toilette de cette belle, si ce n'est qu'on admire la forme de son étroit corset? Contemplez donc cette *pierre* d'achoppement, et voyez que la coupe du pan de sa robe est pareille (à celle du corset, quant à la grâce).

Comment goûterai-je le repos, puisque j'ai toujours affaire avec le gémissement? Le chagrin m'a pénétré comme l'épine, et le trouble de mon cœur est pareil.

Comment quelqu'un peut-il sauver son esprit, puisque cette taille a excité un trouble pareil à celui du jour de la résurrection?

Sa démarche est un malheur, sa manière de placer ses pendants d'oreille en forme de clochettes est pareille.

Maintenant son nom fait perdre à mon cœur la tranquillité. Parlerai-je de sa charmante allure ou du bruit de ses pas, qui est pareil (quant à l'agrément)[1]?

Gazal de Schavar.

O tyrannique beauté, qu'as-tu donc fait? tu t'es emparée de mon cœur, et tu m'as couvert par là d'ignominie.

Pendant que les autres passent le jour et la nuit dans le repos, le chagrin ne me laisse pas un instant de tranquillité.

Tu m'avais promis de venir à la nuit et tu n'es pas venue; j'ai fait en vain des préparatifs pour te recevoir.

Que dis-je, ô mon idole! tu as congédié mon messager en lui disant des injures, au lieu de lui faire des présents.

Tu as menti en me flattant d'une entrevue à laquelle j'ai cru cent fois, me confiant en tes paroles.

Quelle faute ai-je donc commise pour que tu sois fâchée contre moi? Dis-le, belle opiniâtre! tu as fait mourir Scharâr, qui est innocent de toute offense envers toi; pourquoi as-tu donc agi aussi cruellement[2]?

Gazal d'Açaf Uddaula.

Ces larmes s'arrêteront-elles dans tes yeux, ou couleront-elles? seront-elles comme les bulles d'eau qui paraissent et bientôt disparaissent?

Je me soumets à ton caractère tyrannique et volontaire; je ne puis vivre sans toi, que tu renonces à tes caprices ou que tu t'y livres à ton gré.

Chaque mois la lune croît et décroît, ainsi l'astre de ta beauté s'élève; mais s'il croît, ne peut-il décroître aussi?...

---

[1] W. Price, Collect urdu, n° 128.
[2] Ibid., n° 5.

Pourquoi Açaf déplorerait-il ton absence; il espère avoir encore l'occasion de te voir; tel est, du moins, son désir, que cela arrive ou non.

Puisse ma bien-aimée être toujours heureuse en ce monde; tel est le vœu que je prononce de mes lèvres, qu'il soit ou ne soit pas exaucé[1].

Passons aux chants des zanânas ou harems, c'est-à-dire aux chants érotiques qui sont mis par les poètes dans la bouche des femmes, et qui sont, en effet, chantés par elles. Ecoutons d'abord des chants hindous dont quelques-uns ne donnent pas une idée avantageuse des mœurs de l'Inde païenne.

Karwâ.

O mon bien-aimé, asseyons-nous, vous et moi, à l'ombre des manguiers; l'ombre des manguiers est épaisse. Çà donc, venez en ma compagnie, asseyons-nous ensemble.

O mon spirituel ami, ô mon bien-aimé, asseyons-nous, vous et moi, à l'ombre des manguiers [2].

Pad.

O mes rivales, pourquoi notre époux nous gêne-t-il par tant d'entraves? En nous imposant ces entraves, quel fruit en a-t-il retiré? Il a, par sa faute, perdu son honneur.

O mes rivales, pourquoi notre époux nous gêne-t-il par tant d'entraves [3]?

Pad.

Hélas! hélas! lorsque j'ai vu ces noirs nuages, j'ai craint *pour mon époux absent.*

Je lui ferai écrire une lettre et je la lui enverrai. Hélas, lorsque j'ai vu ces nuages, j'ai craint.

De leurs maisons respectives sortent de jeunes hommes bruns, d'autres blonds et frais; moi, debout dans la cour, j'attends ce visage riant.

Hélas! hélas! en voyant ces noirs nuages, j'ai craint [4].

Pad.

Le bruit que produit mon pâgal [5] quand je marche réveille mes compagnes. Le tintement de mon pâgal parvient à l'oreille de tous. Puisqu'on l'entend ainsi, ôtons-le, enlevons de mes pieds le pâgal. Mes compagnes se réveillent en effet lorsque mon pâgal retentit.

---

[1] W. Price, Collect. hindi, p. 269. Héber, dans son voyage, a donné la traduction en vers de ce morceau.

[2] Price, Collect. hindi, n° 104.

[3] Ibid., n° 10.

[4] Ibid., n° 49.

[5] Nom d'un ornement des pieds que portent les femmes dans l'Inde. C'est un grand anneau creux où sont enfermés des morceaux de métal qui font du bruit quand on marche. Ils sont généralement d'argent, et leur nom ordinaire est *nûpur.*

Pour favoriser mon entrevue avec celui que j'aime, ô lune, cache-toi!

La lune s'est cachée, les étoiles se sont obscurcies, et moi, malheureuse, je suis restée au bord du chemin, dans l'attente de mon bien-aimé.

Cache-toi, ô lune, pour favoriser mon entrevue avec celui qui m'est cher [1].

Voici un autre chant du même genre qui caractérise les mœurs de l'Inde musulmane. Il s'agit, comme dans le précédent, d'une femme qui craint d'exciter la jalousie de celles qui partagent avec elle les faveurs de leur commun époux.

Thumri.

Je meurs tuée par la douleur; comment pourrai-je être enjouée? Je ne monterai pas sur la couche de mon bien-aimé, parce que les anneaux qui ornent mes jambes résonneraient et réveilleraient les habitantes de la maison. Je meurs tuée par la douleur [2].

Pad.

Le mois de sâwan (juillet) est venu, oui, sâwan est venu.

Et mon amant est allé dans un pays étranger; son absence a consumé mon corps. Le mois de sâwan est venu [3].

Pad.

Mon bien-aimé aux yeux de daim a enchanté mon âme.

O mon amie, j'ai compté les nuits que j'ai passées avec mon bien-aimé, nuits pendant lesquelles il ne s'est pas séparé de moi un seul instant. Mais depuis lors, des années, des heures et des minutes se sont écoulées.

Hélas! sans mon bien-aimé, mon lit brûle comme s'il y avait des étincelles de feu. Le nom d'une rivale a pénétré dans mon cœur; mes yeux en sont devenus rouges....

Ah! lorsque la femme est séparée de son bien-aimé, son âme se sépare d'elle-même. Mon amie, juge toi-même, dans ton esprit, quelle doit être ma colère.

Maintenant mon bien-aimé répand sur sa maison le doux éclat de sa présence.

Mon bien-aimé aux yeux de daim a enchanté mon âme [4].

Kabit de Kab-Dev.

Tandis que les tambours et les instruments à cordes résonnent, moi je me consume dans les flammes de l'amour, et je languis après le retour de mon époux.

Mes femmes chantent l'agréable retour du printemps, et moi j'éprouve les tourments cruels d'un amour malheureux.

[1] Price, Collect. hindî, nos 191, 192.
[2] Ibid., no 184.
[3] Ibid., no 106.
[4] Ibid., no 42.

Puis-je entendre patiemment le kokilâ pousser ses cris joyeux, moi dont les soupirs soulèvent la poitrine?

Quand mon bien-aimé viendra, alors je prendrai part aux plaisirs du printemps, mais aujourd'hui que puis-je faire sans cet être chéri [1]?

Tappâ.

Ecoute, ma chère compagne, que dois-je faire? le sommeil s'en est allé bien loin de mes yeux.

Je vois que tu souris un peu, tes yeux sourient, ils sourient ces yeux entourés de collyre.

O mon amie, que ferai-je? A qui conterai-je l'affaire de cette nuit?

Dans mon sommeil, mon époux bien-aimé s'en est allé à l'improviste. Il souriait en touchant mon collier à deux rangs de perles et celui à trois rangs; mais quand sa main s'est approchée de mon bracelet, il m'a querellée.

Ecoute, mon amie, que ferai-je? le sommeil s'est éloigné de moi [2].

Tappâ.

Tu as blessé mon cœur, et en agissant avec ruse ou violence tu t'en es emparé.

L'amant après avoir poussé des soupirs foule aux pieds le cœur qu'il a subjugué; mais la séparation est *comme* le coup d'une lance. Lorsque l'amant la craint, il se jette aux pieds de sa maîtresse [3].

Tappâ.

O mon bien-aimé, je veux résister au sentiment de l'amour. Je ne veux pas recevoir la blessure de l'amour.

Le remède *contre l'amour* est une belle chose; mais personne ne le connaît. Faut-il donc attacher son cœur à un amant infidèle? O mon bien-aimé, je veux résister au sentiment de l'amour, je ne veux pas recevoir la blessure de l'amour.

Tappâ.

Mes yeux sont pleins de larmes, oui, mes yeux sont pleins de larmes.

Je me suis ornée de différentes espèces de jasmin et d'artémise, de *bel* [4], de violette, de kétakî [5].

J'ai mis des boucles à mes oreilles et des colliers en forme de fleurs, et toutefois mes yeux sont pleins de larmes.

O ma chère compagne, une affection violente s'est manifestée dans mon cœur; sans mon bien-aimé, rien ne me plaît.

Comment pourrais-je donc supporter patiemment son absence [6]?

[1] Broughton, *Popul. hind. Songs*, p. 34.
[2] Price, Collect. hindî, nº 49.
[3] Ibid., nº 164.
[4] *Cratæva marmelos.*
[5] *Pandanus odoratissimus.*
[6] Price, Collect. hindî, nºs 104, 105.

Tappâ.

Dors-tu aujourd'hui, mon fiancé bien-aimé?

Çà donc, ô ma mère, l'élégant petit maître qui doit m'épouser est-il retenu dans quelque village par quelque liaison d'amour?

Dors-tu aujourd'hui, mon fiancé bien-aimé?

Qui peut l'arrêter dans le chemin et le quai, et l'empêcher d'arriver? Ah! laissez-le venir dans la maison du plaisir; ma belle-mère querellera si elle veut.

Dors-tu aujourd'hui, mon fiancé bien-aimé [1]?

Tappâ.

O insensé, malgré toi, je me suis unie à mon amant.

Tout le monde te dira que tu n'as aucun sujet de honte, ô insensé! et toutefois j'ai été trouver mon amant.

Semblable au jardinier, bienfaiteur imaginaire, tu donnes et tu détruis. Oui, ô insensé, je suis allé trouver mon amant. Je lui ai livré mes yeux, mes sourcils, mes cils, mes mains.

Tu as beau dire, ô insensé, aucun rapport d'amitié n'aura lieu de ma part si ce n'est avec mon amant. L'union avec lui a eu lieu en effet, ô insensé!

La terre *et* l'air s'unissent à l'eau pour que tu sois retenu au milieu de ces éléments, ô insensé! L'union avec mon amant a eu lieu. C'est Huçaïn, ton serviteur, qui est celui dont je parle. Tu as laissé mon honneur exposé au milieu du monde. Eh bien! j'ai été trouver mon amant [2].

Dhurpad (fragment).

L'abeille s'est réveillée, le voleur s'est enfui après avoir dérobé; la lune s'est cachée, les étoiles ont disparu.

Les paons ont commencé à se montrer, les lotus à s'épanouir, les perles à devenir froides [3].

La couleur de safran (qui annonce le lever du soleil) s'est répandue partout. Chacun s'est réjoui dans son esprit.

Les oiseaux ont commencé à gazouiller, les cœurs à s'agiter, les portes des maisons à s'ouvrir; mais mon époux ne vient pas ce matin.

O ma compagne! l'abeille s'est réveillée [4].....

Khiyâl.

O mon bien-aimé, j'ai longtemps cherché ta tente, mais je ne l'ai pas trouvée.

C'est dans cette tente d'or couverte de tentures jaunes qu'habite mon bien-aimé. O mon bien-aimé, j'ai longtemps cherché ta tente, mais je ne l'ai pas trouvée.

Pour toi j'ai laissé ma belle-mère et ma belle-sœur; mon cœur a éprouvé le sentiment de l'amour, ô mon bien-aimé. Je suis ton esclave, c'est pourquoi j'ai laissé ma belle-mère et ma belle-sœur.

[1] Price, Collect. hindi, n° 29.
[2] Ibid., n° 175.
[3] Les Asiatiques croient qu'au matin les perles se refroidissent et annoncent ainsi l'aurore.
[4] Price, Collect. hindi, n° 22.

Mon bien-aimé à la face riante cherche partout la brune et la blanche, et toutefois mon affection s'est concentrée sur lui. O mon bien-aimé! j'ai laissé pour toi ma belle-mère et ma belle-sœur[1].

Khiyâl.

Privée que je suis de mon bien-aimé, le sommeil m'a quittée.

Quoi! dans un instant et pendant mon sommeil, tu aurais pu concevoir aujourd'hui de l'inimitié pour moi! Ton départ m'a réveillée en sursaut. Ecoute-moi, charmant brun. Privée que je suis de toi, le sommeil m'a quittée[2].

Khiyâl.

L'heure du rendez-vous a sonné. Mon bien-aimé, vous ne venez donc pas aujourd'hui? L'heure a sonné. Ecoute, ma compagne, donneras-tu la couleur du blâme à cet ami qui attire à lui ma vive imagination?

L'heure du rendez-vous a sonné[3].

Venons-en aux chants musulmans de harem :

Gazal de Saudâ.

La vie des habitantes des jardins *du harem* est l'objet de la jalousie de Saudâ, car elles savent goûter les charmes de l'existence.

Elles n'envient ni le gouverneur de la Grèce, ni même celui qui s'est emparé de la Syrie, car les honneurs qu'on prodigue aux princes sont souvent motivés par l'espoir d'un emploi ou d'un jaguîr[4], et quelquefois, après bien des démarches, on n'obtient pas cent mille dâms[5].....

Ici, au matin, le rossignol (saudâ) a commencé son ramage, et là, chaque rose a ouvert sa corolle printanière semblable à une coupe[6]. (C'est-à-dire : Chaque femme du harem a prêté son oreille pour l'entendre)

Gazal d'Aftâb.

Qu'il était heureux ce temps où je chantais mon union avec toi! Aujourd'hui, la fièvre produite par ton absence ne me quitte pas une seule nuit, et je désire ta présence tandis que tu as détourné de moi ton visage. Je suis la bougie qui se consume elle-même, et toi tu es l'aurore qui dilate le cœur. Je brûle si je ne te vois pas, et je crois que je mourrais *de joie* si tu montrais ton visage. O soleil du monde (Aftâb-i-Alam)! à cause de ton absence les nuits passent pour moi dans des pleurs pareils à la rosée, et si tu revenais, le plaisir que j'en ressentirais me donnerait la mort. Ta présence est actuellement aussi à craindre pour moi que ton éloignement. En effet, je ne me sens ni la force de supporter le plaisir de la réunion, ni celle de continuer à être séparée de toi[7].

---

[1] Price, Collect. hindî, nos 95 et 97.

[2] Ibid., no 36.

[3] Ibid., no 101.

[4] J'ai suivi à la fois dans ma traduction les deux versions différentes des manuscrits: *mansab* (place), et *jaguîr* (terre féodale).

[5] Il en faut vingt-quatre pour un païça, et quatre-vingt-seize païças pour une roupie (2 fr. 50 c.).

[6] Price, Collect. urdû, p. 426.

[7] Collect. urdû de Price, p. 420. Le second hémistiche de chaque vers est persan, parce que c'est un chant composé pour le harem royal, dont on suppose les habitantes assez lettrées pour comprendre la langue qui avec l'arabe compose les idiomes classiques de l'Inde musulmane.

Gazal d'Inschâ.

Comme la balle[1] que m'a lancée cette beauté sémillante et gentille ne m'a pas atteint, elle en a préparé une autre, voulant rester avec son amie qui a ses entrées dans le harem. Si j'en avais le pouvoir, je frapperais la pomme de ton menton avec la balle brillante du disque du soleil. O beauté pareille à la lune de la quatorzième nuit, tu excites le désir dans mon cœur en préparant ton turban pour le jeter sur moi comme une balle. Tu ne t'es pas contentée de me donner un coup de ton mouchoir ou de ton cachemire, tu as fait de ton pantalon de brocart une balle pour me l'envoyer. Bien plus, tu as froissé et chiffonné le gazal d'Inschâ, en disant : Oh! la bonne petite balle que je fais de cette pièce de vers [2] !

Gazal d'un anonyme.

Depuis que j'ai livré à la destruction le royaume de la loi. *extérieure*, je me suis délivré de la religion et de l'infidélité, du guèbre et du schaïkh. Un torrent de feu brûlant est dans mes yeux ; c'est apparemment que la plaie de mon cœur s'est ouverte. L'amour avait été semé dans le jardin de mon cœur ; ma blessure enflammée est semblable au buisson de la rose. Je n'ai pu vivre, car j'ai été tué par ton œil ; et cependant le ruban qui retient ta chevelure ne s'était pas défait [3]. La poussière de l'existence *extérieure* a terni mon cœur ; son miroir, dis-je, a été terni par cette poussière [4].

Gazal de Wilâ.

Si mon bien-aimé, en se montrant, se met à parler même en colère, j'en serai bien aise ; tout ce que je désire, c'est que cet objet de la jalousie du soleil et de la lune se mette à parler.

Pourquoi voudrais-tu priver de la vie ton innocente amie ? Si tu ne reviens à de meilleurs sentiments, ô mon bien-aimé, je me mettrai à dire : « Dieu me suffit. »

Les brahmanes briseront le cordon brahmanique et deviendront musulmans, s'ils entendent cet adolescent se mettre à prononcer le nom de Dieu.

L'amour, ô mes amies, est une chose étonnante dans la caravane du sentiment. Si le cœur de Joseph l'éprouve, il saura bien se mettre à le dire.

Tu m'avais promis de n'adresser jamais la parole à personne qu'à moi. Tel était ton engagement, ô mon maître, lorsque, hélas! tu t'es mis à parler *à d'autres.....*

Quand cet être à forme de sylphe place le pied dans le palanquin (pour sortir), les génies et les anges se mettent à dire : « Au nom de Dieu ! »

O Wilâ! quelle triste destinée ! Toutefois, un contentement merveilleux aura

---

[1] Le mot du texte est *gend* (paquet), qui signifie une balle à jouer, une boulette et la fleur qu'on nomme *souci*.

[2] Price, Collect. urdû, n° 87.

[3] C'est-à-dire : Ton regard seul m'a tué sans que tu aies eu besoin de déployer ta belle chevelure pour achever ma perte.

[4] Price, Collect. urdû, n° 111.

lieu pour mon cœur, si par hasard ce maître du rang élevé vient dans notre assemblée et se met à parler [1].

Gazal de Rizâ.

Pourquoi le firmament immobile m'a-t-il départi ce sujet de douleur en attachant mon cœur à ce cruel époux?

Si je suis si malheureuse, c'est à cause de la tyrannie de ses yeux, qui ont pris mal à propos dans leurs filets mon pauvre cœur.

Mon désir n'a pas réussi même une fois, ô bel homicide, quoique ma tête ait cent fois affronté ton épée.

Qu'est devenue cette vive amitié que tu me témoignais? Tu as pris mon cœur, puis tu m'as oubliée. Hâte-toi de me donner de tes nouvelles avant que le feu de l'éloignement me consume entièrement comme la bougie.

O toi dont l'haleine est pareille à celle du Christ, j'ai été un seul instant en ta compagnie, et dans cet instant tu m'as rendu la vie à moi qui étais morte. Actuellement que je suis en vie, je t'écris une lettre avec le sang de mon cœur; mes yeux aussi ont répandu des larmes de sang.

Hélas! il ne m'a jamais envoyé ni lettre, ni message, tellement il a oublié son esclave.

Tu peux choisir de me traiter ou avec dureté ou avec bienveillance. Rizâ t'a fait entendre l'état de son cœur tel qu'il est [2].

Gazal de Hasrat.

Hier, quand ta voix est arrivée à mon oreille elle a pénétré jusqu'à mon âme et lui a rendu le sentiment. J'éprouve une grande crainte, ô Dieu! traite avec bienveillance mon cœur, ce cœur que consume un feu violent.

Je pleure tellement à cause du chagrin que tu m'occasionnes, que mes larmes ont fait oublier la rosée.

O chamelier, conduis le palanquin de Leïla dans le désert où tu apercevras la poussière de Majnûn. O Hasrat, les rossignols tristes et plaintifs se reposent sur une branche et ils chantent ces vers au milieu du jardin : « Hélas! ô saison d'automne, toi qui dans un instant as produit une nouvelle apparence dans le jardin, tu n'as pas trouvé la rose rassasiée de plaisir [3].

Gazal d'Acif.

Lorsque je vois ton épée dressée comme un étendard, je considère ma tête comme un calam prêt à être taillé.

O mon idole! l'éclat de ta beauté me fait oublier Dieu.

O mon messie, hâte-toi de venir auprès de moi, si tu ne veux pas que je prenne le chemin du néant.

Sache bien que si tu allais trouver mes rivales, j'en éprouverais un violent ressentiment.

---

[1] Ce gazal, assez difficile à comprendre, ne se trouve pas dans le recueil des poésies de Wilâ, dont je possède un manuscrit.

[2] Price, Collect. urdû, n° 117.

[3] Ibid., n° 88.

Tu m'as fait beaucoup de fausses promesses, il faut enfin que tu exécutes ton serment.

Tu viens ou tu ne viens pas, ô mon ami ! et moi chaque nuit dans ma couche solitaire j'attends jusqu'au matin.

Quant à Acif, il se contente d'admirer dáns les rues les belles qu'il peut apercevoir, comme un spectacle dont le gratifie l'Eternel [1].

Epicède (*Kya achchâ phúltâ.*)

Cette charmante fleur qui était épanouie s'est fanée, son odeur a cessé de se répandre.

La noirceur de mes cheveux disparaîtra, mais le souvenir de cet ami chéri ne quittera pas mon cœur.

Ce bien-aimé gît endormi sous la terre de la mosquée. O rossignols! ne faites pas de bruit; ne troublez pas le repos de mon ami [2].

Voici deux chants de harem répandus dans le Guzarate [3] :

Is zamâné men, etc.

O que mes jours sont tristes actuellement! L'amour fuit, mon cœur ne palpite plus de joie. J'ai bien des amies qui m'affectionnent; mais qu'est l'amitié au prix de l'amour?

Celui dont le cœur léger n'a jamais ressenti les tourments de l'amour ne peut savoir combien est poignante la blessure que son dédain a faite à mon cœur.

Aimable époux, je t'aime encore, je veux par de nouvelles agaceries attirer ton sourire.

Je jouis d'une heureuse abondance, mais que sont les richesses sans l'amour?

Que t'importe si mes rivales froncent le sourcil? méprise leur jalousie. As-tu jamais vu une rose sans épines? Mets-toi en garde contre leur envie, et ton nom sera cité parmi les hommes honorables et vertueux...

J'en jure par l'amour, par l'amour le plus tendre. Si tu exigeais le sacrifice de ma vie je te l'abandonnerais volontiers, et je me glorifierais d'une mort si douce pour un cœur aimant.

O ciel! tu souris, et par là tu me donnes une nouvelle vie. Désormais je n'abandonnerai plus mon cœur au chagrin; je vivrai et j'aimerai.

Bahlâ yâd rakho.

Pourquoi passes-tu si fièrement auprès de moi? Pourquoi veux-tu blesser ce cœur fidèle? Le temps viendra où tu soupireras à ton tour, le repentir te percera de son dard...

Ah! mets bien dans ton esprit ce que je vais te dire. As-tu parlé sans ré-

---

[1] Price, Collect. urdû, n° 144.

[2] J'ai entendu chanter ce morceau à une dame indienne, et c'est madame la comtesse de Salles, née elle-même dans l'Inde, et dont l'hindoustani est la langue maternelle, qui me l'a transcrit en hindoustani.

[3] Je les cite d'après Drummond, *Illustrations of the Guzerattee*, etc.

flexion comme les perroquets? ou bien ton cœur est-il décidément malveillant pour moi? Mon cœur doit-il se briser de douleur?

Tes yeux rouges de colère comme ceux de la perruche se détournent avec indignation, tandis que mon pauvre cœur agité, exhalant des soupirs, se retourne sur lui-même comme la colombe dans sa fuite timide.

Ah! souviens-t'en bien : quelque jour tu finiras par reconnaître mon pouvoir; mais alors à mon tour je deviendrai malveillante et je te ferai passer de pénibles moments.

Maintenant, pour terminer la série des chants de harem, je vais donner la traduction de trois chansons très répandues dans l'Inde [1]. Les deux dernières, quoique fort insignifiantes quant aux paroles, ont, à cause de leur air chantant, une célébrité telle qu'on les a publiées plusieurs fois en Angleterre [2], ce qui leur a donné une certaine vogue dans les familles des *nabâbs* [3]. On a pu les entendre chanter à Paris même.

Dekho, dekho, ré logo.

Voyez, mes amies, quel effet ont produit sur moi ses yeux (bis).
Ils m'ont fascinée pour me livrer ensuite à la honte (bis).
J'ai reçu de ta main étrangère une tasse de sorbet (bis).
Ah! n'agis pas comme un libertin; mais crains Dieu (bis).
Tu m'as donné ton cœur; je l'ai accepté, et je m'en suis fait comme une amulette (bis).
En échange je t'ai donné mon cœur, et tu l'as pris pour le jeter au vent (bis).

Dil na dána liyá.

Mon cœur n'a pu prendre un seul grain (n'a pas réussi). Il en a été de même de mon esprit (bis).
Que dois-je faire, ô mes amies, puisque mon cœur n'a pas réussi (bis)?
Que voulez-vous dire par vos cris: Les bracelets, les bracelets! Quel est le bruit que j'entends dans la maison (bis)?
Ah! tandis que je me laissais aller au sommeil de l'ivresse, le voleur s'enfuyait chargé de mes bijoux (bis).
Que dois-je faire, ô mes amies! puisque mon cœur n'a pas réussi?

Schischî bhari gulâbki.

Mon bien-aimé, vide la fiole d'eau de rose (bis).
Peu m'importe de mourir, pourvu que mon époux vive (bis).

---

[1] Je dois la première à madame la comtesse de Salles à qui je l'ai entendu chanter.
[2] *Trink's Collection of hindousthani songs* et *Indian melodies* (avec accompagnement de piano.)
[3] On nomme ainsi les Anglais qui ont habité l'Inde et qui y ont fait fortune. On donnait autrefois en France le nom de *couage* aux négociants qui avaient résidé dans les échelles du Levant.

Le médecin m'avait donné cette boisson propre à calmer ma souffrance (bis).
Je me livre à ma destinée, car c'est Dieu qui en règle le cours (bis).

Terminons la série des chants érotiques par ceux où l'amour du Créateur est mêlé à celui de la créature, de telle sorte qu'il est souvent difficile de se rendre compte des véritables sentiments du poète. Ces chants, que nous pouvons nommer érotico-mystiques, sont dus surtout à des musulmans.

Tappá.

Je suis tombée, à cause de toi, dans un état de langueur.

Toute la nuit s'est passée pour moi dans l'agitation. Lorsque l'aurore a paru mes yeux se sont appesantis.

A cause de toi je suis tombée dans un état de langueur.

Hélas! mes yeux ne voient plus mon bien-aimé. A force de penser à toi mon dos s'est courbé.

A cause de toi je suis tombée dans un état de langueur.

Je te cherche partout et ne te trouve nulle part. Le Créateur réside en mon cœur, c'est pourquoi je suis belle (au physique et au moral).

A cause de toi, etc.

Tu as créé mon être du tien, et le séjour que tu fais dans mon cœur me rend belle.

A cause de toi, etc.... [1]

Gazal d'Acif.

Y a-t-il une belle comme toi? Trouverai-je une contenance aussi agréable pour décider mon cœur à abandonner l'incrédulité et à t'obéir?

Si de tes lèvres pareilles à celles du Messie tu parles, toi dont le visage a l'aspect de la blanche tablette sur laquelle est écrit le Coran, comment le cœur mort ne revivrait-il pas lorsqu'il entend un tel discours?

Je m'immole à toi, ô tyrannique beauté, dis-moi des injures à ton gré. Tel sera mon service et telle ta faveur.

Comment le cœur ne se prendrait-il pas aux boucles de musc de cette belle au visage de péri, avec un *tel* chasseur et un *tel* filet?

O Acif, ne prends ton refuge qu'en Alî seul; de quoi auras-tu besoin s'il est lui-même ton imàm [2]?

Gazal de Rizá.

Soit que tu me gardes auprès de toi ou que tu me tiennes éloigné, je me contente de mon sort.

L'image de Dieu se manifeste dans chaque miroir, et cependant mon regard étonné ne peut l'apercevoir.

Quel est celui dont le cœur se contentera de la vue des fleurs et des jardins? O mes amis! dispensez-moi de cette inutile fatigue.

[1] Collect. hindî de W. Price, n° 166.
[2] W. Price, Collect. urdû, p. 406. Il est facile de voir que l'auteur est schiite.

La nuit de l'absence ne disparaît pas, ô Seigneur! Qui me montrera donc la fin de cette obscure nuit?

Maintenant le cœur de Rizâ n'a pas même la force de palpiter, tellement, hélas! l'amour l'a rendu malade [1].

Gazal de Mucíbat.

Quel besoin ai-je actuellement des autres, puisque je suis avec mon amie? Tant que je vivrai je la contemplerai. Moi, sans force, je suis pris dans le filet de cette tyrannique beauté, et je suis victime de l'épée de son sourcil oppresseur. L'ardeur de l'amour se fait sentir dans la rue de ma bien-aimée au visage de fée; je me mets pour respirer à l'ombre du mur. Quelque vexation que tu fasses éprouver à mon cœur, ce cœur, au jour de la résurrection, sera avec sa bien-aimée. Ô mes amis! ne calomniez pas l'état de l'amant. Je connais le secret du vrai sens de l'amour dont il s'agit. Les gens riches qui regorgent d'or meurent d'amour pour cette belle dénuée d'or. Ils déclarent qu'ils vont au bazar de la beauté. Pourra-t-on dire que Mucíbat ait son cœur troublé par le désespoir de l'amour, lorsqu'il a auprès de lui la rose quoiqu'elle soit encore accompagnée de l'épine [2]?

Gazal d'un anonyme.

Les Indiens rendent un culte aux idoles, les musulmans à Dieu, et moi j'adore l'être qui m'accorde son amitié.

Hélas! le regard de la générosité a quitté notre siècle, l'œil de la pudeur l'a abandonné.

Depuis que les guèbres ont vu la plante de tes pieds, ils ont laissé le feu pour adorer le rouge hinna qui les teint.

Si tu veux que le reflet de ton amie manifeste en toi son éclat, nettoie avec soin le miroir de ton cœur [3].

Gazal de Saûdâ.

Ne rejette pas loin de tes regards mon cœur, car tu ne pourrais le retrouver, tu ne pourrais pas plus le reprendre de dessus la terre que les larmes qu'on y répand... O abstinent, il ne faut point rejeter les plaintes des gens ivres: conduis-les à la taverne et qu'ils soient rassasiés. Tant que cette amie ne viendra pas dans le jardin, les pleurs de la rosée qui couvre le visage des roses ne disparaîtront pas... Mon cœur ne pourra se sauver de l'armée de tes moustaches naissantes: il ne sera pas délivré des liens de ta chevelure. Je n'obtiendrai pas dans ce jardin la justice: comme la rose, l'ouverture de ma robe ne sera pas recousue. Si on renverse la Caaba ne t'en afflige pas, ô schaïkh briseur d'idoles (on pourra la rebâtir); tandis que le cœur du brahmane ne saurait être refait. Tu as guéri ta blessure et tu as lavé le pan de ta robe *du sang qui le souillait*. Peu importe, la blessure ne sera pas enlevée du cœur du monde. O tyrannique beauté! ne t'avais-je pas dit de renoncer au meurtre de Saûdâ, meurtre qui ne pourrait rester caché [4].

---

[1] Price, Collect. urdú, p. 418.
[2] Ibid., p. 439.
[3] Ibid., p. 439.
[4] Ibid., n° 120.

IV

CHANTS ETHNOLOGIQUES.

Les plus usités des chants que je nomme ainsi sont ceux qu'on entend dans les maisons et dans les rues de l'Inde, à l'époque du *Holí* ou carnaval. On nomme ces chants *Holí* ou *Horí*, du nom de la fête; *Phâg*, du nom du mois où elle a lieu, mois qui correspond à une partie de février et de mars, et aussi *Dhamâl*[1] et *Dâmârí*[2]; mais ce dernier chant paraît se distinguer des autres par sa licence. Les divertissements auxquels on se livre alors, et que ces chants accompagnent, dégénèrent quelquefois en véritables saturnales. Ils consistent surtout à se jeter les uns aux autres de la fleur de farine, ou de la poudre de talc teinte en rouge ou en jaune; ou de l'eau[3] colorée aussi en jaune par l'infusion des fleurs du *harsingâr*[4]. L'eau se nomme *rang* (couleur) et la poudre *abîr*, *gulâl* et *phâg*. On donne aussi ce dernier nom aux jeux dont je parle, ainsi qu'aux petits présents de fleurs, de fruits, de sucreries, etc., que les maris et les fiancés font à leurs femmes ou à leurs fiancées à cette occasion.

1. Horí.

O Krischna! je suis entourée de la poudre colorée que tu lances sur moi. Ne m'en jette pas du moins au visage!

Mon époux remplit sa sarbacane et en fait jaillir à mon visage le contenu. Tout mon corps a été mouillé, ô Krischna!

Ah! ne me jette pas du moins de cette poudre au visage!

Je suis comme plongée dans la poudre colorée que tu lances sur moi. Ne m'en jette pas du moins au visage!

Je n'ai pas de plaisir à entendre les chants licencieux du carnaval. Pourquoi, ô Krischna! les répètes-tu à si haute voix?

Ah! ne me jette pas de cette poudre au visage. Elle m'entoure de toutes parts; mais du moins ne m'en jette pas au visage[5]!

2. Horí.

Laisse-moi aller actuellement, ô mon royal bien-aimé, à la maison où l'on célèbre le holí. Je veux prendre part à ce divertissement.

Je veux augmenter le nombre des bras blancs ornés de bracelets d'émeraude qui s'agitent pour lancer le phâg. Oui, je jouerai encore au holí. Ah! laisse-moi donc aller y prendre part.

---

[1] Shakespear, *Dictionary*.
[2] Broughton, *Selections*, p. 63.
[3] Dans le Midi de la France, on s'amuse aussi à se jeter de l'eau la veille de la Saint-Jean.
[4] *Nyctantes arbor tristis*.
[5] W. Price, Collect. hindi, n° 84.

Ainsi, dans les angles et les clairières de la forêt de Brindâban, Radhâ jouait avec Krischna en lui jetant de la poudre rouge.

Les maris se sont retirés; il n'y en a pas un seul. Les amants, et avec eux tous les gens de Braj, rient et s'amusent.

O mon royal bien-aimé! je veux jouer au holî; laissez-moi aller à la maison où l'on prend ce divertissement [1].

3. Holî.

Tout mon corset a été mouillé, et jusqu'à ma poitrine qu'il recouvre. Oui, ma gorge, qui ressemble à des grenades, a été mouillée. Tout mon corset a été mouillé et jusqu'à ma poitrine.

Des nuages d'*abir* et de *gulâl* se répandent de toutes parts; des sarbacanes, comme des canons, lancent au loin la poudre rouge et jaune. Tout mon corset a été mouillé, etc.

Les gens se querellent : « Amène-moi (dit l'une) mon amant et rends-le soumis. Amène-moi, dit l'autre, ma maîtresse. » Tout mon corset a été mouillé, etc.

Au lieu de mettre mon corset, je tatouerai désormais ma poitrine de la couleur de mon corset. Je veux donner deux roupies pour faire crier des injures à ceux qui ont mouillé mon corset et jusqu'à ma poitrine [2].

4. Holî.

Ici, des femmes saisissent par son turban le maître du harem et lui demandent les cadeaux du holî. D'autres s'approchent de lui et, d'un air malin, lui parlent à l'oreille. Plus loin, une belle entonne le chant du *phâg*, tandis qu'une autre n'hésite pas à faire entendre le chant licencieux nommé *dhamâri*. Celle-ci présente à son époux une coupe de sa jolie main; celle-là lui jette au visage de la poudre rouge nommée *gulâl*, dont elle a rempli le pan de sa robe. Toutes le seringuent avec de l'eau teinte de safran, l'entourent en frappant des mains et agitant sur lui des baguettes ornées de fleurs [3].

5. Horî.

Avec le mois de phagûn ont lieu des pluies continuelles. Je dois donc jouer au holî (pour imiter la pluie naturelle).

O mes amies, toute la nuit passée avec un insensé ne vaut pas une gharî passée avec un aimable jeune homme.

O Nizam-Uddîn-Auliya [4], ami de Dieu, réconcilie l'amant et la maîtresse qui sont actuellement ennemis.

Le mois de phagûn est arrivé avec les pluies continuelles : je vais jouer au holî [5].

---

[1] W. Price, Collect. hindî, nᵒˢ 77 et 72.

[2] Ibid., nᵒ 68.

[3] Quoique ce chant populaire ait été déjà traduit par Broughton (*Popular Poetry of the Hindoos*, p. 62), je le reproduis ici parce qu'il offre quelques détails ethnologiques qu'on ne trouve pas dans les autres horis. On dirait qu'il est la description d'un dessin qui a été publié dans « l'Hindoustan » de la Collection Neveu.

[4] Sur ce saint personnage musulman, qui du reste, chose singulière, est le patron des voleurs, voyez mon *Mém. sur la rel. musul. dans l'Inde*, p. 104.

[5] W. Price, Collect. hindî, nᵒˢ 80, 81.

6. Hori.

Lorsque je saurai jouer avec adresse aux jeux du holî, j'irai prendre part à cette fête. Oui, lorsque je saurai les agréables jeux du holî...

Pendant la saison du phagûn, je resterai dans mon logement solitaire, et tú iras en la maison des étrangers prendre part à leurs divertissements. Mais lorsque je saurai jouer aux agréables jeux du holî (ce ne sera pas ainsi).

Tu rempliras de poudre jaune les sarbacanes, et tu m'apprendras la bonne manière de s'en servir. Ajoute une seconde explication à la première, et par là tu acquerras dans le monde une réputation méritée de complaisance.

Ah! lorsque je saurai jouer avec adresse au holî, j'irai prendre part aux divertissements de cette fête [1].

7. Holî par Jawân.

Elle a participé à toutes les fêtes, aussi sans elle actuellement les divertissements du holî sont dépourvus d'intérêt.

Si cette beauté, pareille à la planète de Vénus, n'était parmi nous, nous ne pourrions nous livrer au plaisir, quand même ces chants de fête y exciteraient.

Elle prend les cœurs et s'en sert de jouet, comme le fait le jongleur des boules qu'il a dans sa main. Les relations entre l'amant et la maîtresse sont étonnantes. L'un donne à l'autre sa vie, comme si c'était un enjeu.

Pourquoi cet insensé a-t-il quitté aujourd'hui la solitude et se promène-t-il dans la ville ayant sur son dos un bissac que les enfants remplissent de pierres.

Il faut, en effet, être insensé pour descendre dans le champ de bataille de l'amour, où sont agitées les épées des sourcils.

Il est facile de voir combien il y a d'artifices cachés, quoique, à l'extérieur, ces visages paraissent ingénus.

Jawân, la beauté printanière de ces belles aux vêtements élégants est telle, que le narcisse a ouvert sa corolle comme des yeux pour l'admirer [2].

Tappâ.

O mon bien-aimé, pourrais-tu me reconnaître? sur mon blanc visage sont entortillés les serpents de mes cheveux en désordre. O mon bien-aimé Mahram, pourrais-tu me reconnaître?

De grands yeux, de petites prunelles noires, des paupières couvertes de la poudre rouge du holî. Sur mon blanc visage, de noirs serpents sont entortillés [3].

Holî des gopies.

L'aimable jeune homme de Mathura (Krischna) se tient au milieu du chemin; comment irai-je prendre de l'eau?

Je monterai à Kotha (en Ajmir) pour jeter de la boue sur les passants. J'irai à Naddia pour lancer de l'eau avec les pompes.

---

[1] W. Price, Collect. hindî, no 54.
[2] W. Price, Collect. urdû, no 32.
[3] W. Price, Collect. hindî, no 173.

J'irai à Gokul [1] participer aux folies des gens qu'entoure un nuage de poussière colorée.

Au milieu du chemin se tient l'aimable jeune homme de Mathura; comment irai-je prendre de l'eau [2]?

Voici des épithalames hindous et musulmans, des chants de congratulation à l'occasion d'un mariage, des chants nuptiaux. Mais je ne puis en donner qu'un très petit nombre, à cause du ton licencieux qui règne dans la plupart de ces compositions.

Badhâwâ.

Vive l'époux de la nouvelle mariée, qu'il vive toujours!

Sur le front de ce brun mari brille la couronne nuptiale formée d'une rangée de perles. Il s'unit à sa jeune épouse au visage riant.

Sur mon époux jetez des perles [3], ô ma mère, sur mon époux chéri jetez des perles.

Jetez sur lui des perles, du corail, des rubis, à l'occasion de sa première entrevue avec moi. Sur le nouveau marié jetez des perles [4].

Autre Badhâwâ.

Mon fiancé est venu m'épouser, moi sa fiancée. C'est un excellent mari.

C'est un aimable et folâtre mari, un bel et charmant époux..... Il est soumis aux volontés de son enjouée compagne. C'est un excellent mari. Il est venu m'épouser, moi sa fiancée [5].

Autre Badhâwâ.

Ô ma mère, il est temps aujourd'hui de chanter le badhâwâ.

O cher fiancé, chantez dans la maison; vous allez vous unir à une jeune fille. Vous allez vous marier.

Frottez-vous le corps d'uptan, de menhdi et d'huile. Chantez votre fiancée; faites résonner les instruments. Fêtez-la.

O ma mère, il est temps aujourd'hui de chanter le badhâwâ [6].

Tappâ.

O mon fiancé, toi qui es vêtu d'une robe couleur de safran; ô toi qui es vêtu de jaune!

A ta tête est une couronne d'or, et un bracelet de perles à ton poignet [7]. Un rubis est attaché à l'aigrette de ton turban.

Que Dieu et le prophète me protégent!

[1] Ces noms de ville offrent dans l'original des jeux de mots avec les choses dont il s'agit respectivement.

[2] W. Price, Collect. hindi, no 83.

[3] Allusion à un usage oriental mentionné plus haut.

[4] W. Price, Collect. hindi, nos 63 et 64.

[5] Ibid., no 65.

[6] Ibid., no 108.

[7] *Kangnâ* signifie proprement le fil ou le petit cordon qu'on met au poignet de la nouvelle mariée.

O mon fiancé, toi qui es vêtu d'une robe couleur de safran, ô toi qui es vêtu de jaune!

Il y a des bouquets de fleurs que la jardinière a apportés, et des guirlandes de roses que la fleuriste a tressées.

Le nouveau marié restera éveillé toute la nuit. Ses bras seront comme une guirlande au cou de la nouvelle mariée.

Ô mon fiancé, toi qui es vêtu d'une robe couleur de safran, ô toi qui es vêtu de jaune [1]!

Mubárak-Bâd.

Que ces noces soient heureuses, qu'elles soient heureuses [2]!

Les réjouissances nuptiales ont eu lieu dans le palais. Les compagnes de la mariée ont tressé des guirlandes et les ont mises au cou de leur aimable amie. Ces guirlandes ornent son cou comme le ferait un collier de prix.

Que ces noces soient heureuses, qu'elles soient heureuses [3]!

Passons aux chants qui ont trait à d'autres images particulières à l'Inde et à la nature indienne.

Tappá, relatif à l'astrologie.

Écoute, ô ma mère, la décision du destin, écoute-la donc, ô ma mère!

Prends le calam en ta main et écris l'ordre du destin (que le brahmâne te fera connaître).

Ecoute, ô ma mère, la décision du destin, écoute-la donc, ô ma mère [4]!

Pad, description de Dwarika [5].

Nous avons cherché la ville de la bonté, combien n'en avons-nous pas vu (avant de la trouver)?

Le roi de cette ville est l'image de la justice; il est extraordinaire par la science.

Dans cette ville, les fonctions publiques y sont toutes réparties à cinq personnes. Ainsi, il y a cinq gouverneurs, cinq préfets de police, etc.

Les fourbes, les libertins, les avares, les gens colères, les thâgs (filous), les filous et les voleurs de grand chemin y sont inconnus...

Telle est l'organisation de cette ville, dont tous les habitants sont purs et saints, et jouissent du bonheur; dont la vue, semblable à la pierre philosophale, produit un effet admirable.

Nous avons cherché la ville de la bonté, etc. [6].

---

[1] W. Price, Collect. hindi, n° 185.

[2] Il y a dans le texte *noces* au pluriel dans un sens emphatique comme en français, et lorsqu'on dit *les funérailles, les obsèques*, etc.

[3] W. Price, Collect. hindi, n° 67.

[4] Ibid., n° 174.

[5] Le chant sur la ville de Dwarika lorsqu'elle était soumise à Krischna, rappelle la description que j'ai donnée dans le t. II de mon *Hist. de la Littér. hind.*, p. 164.

[6] Price, Collect. hindi, n° 37.

Pad de Wischnudâs, sur le même sujet [1].

En voyant la beauté de la ville de Dwarika, on oublie l'intelligence de toute autre chose.

Les palais et les châteaux sont d'or. Tous les objets ont l'éclat de ce métal.

En voyant, etc.

De beaux et bons lits sont dressés pour le prince Krischna. C'est là qu'il se repose. Des tapis de velours sont étendus dans tout le palais. A toutes les portes sont attachées des guirlandes de fleurs.

En voyant, etc.

A toutes les entrées sont placés des rideaux d'étoffe d'or et de brocart, dont le bord est orné de perles.

Le brahmane Wischnudâs est saisi d'admiration en contemplant ce spectacle qui est l'œuvre de Viswakarma [2] lui-même.

En voyant, etc.

Pad, le Semestre d'Hiver.

Kuàr (septembre-octobre) est la porte de l'hiver; kâtic (octobre-novembre) en est la continuation, aghan (novembre-décembre) se passe à faire bouillir de l'eau; pûs (décembre-janvier) fait retirer le berger dans un asile; mâgh.(janvier-février) croît sous terre [3]; phâgun (février-mars) développe la beauté *de la nature*; puis vient l'agréable chaït (mars-avril), qui éloigne des visages toute souillure [4].

Pad, le Printemps.

Aujourd'hui c'est notre beau printemps!

O mon amie, par la grande faveur de Hari, mon époux est revenu. Venez, frottons-nous le corps de sandal et d'eau de rose.

La joie entoure le visage de mon époux, il éprouve une grande satisfaction en son esprit.

Aujourd'hui c'est notre beau printemps.

De mon côté, je ressens une grande allégresse et je chante les préceptes sacrés dans le mode musical du printemps.

Mes amies et mes compagnes dansent et chantent; l'époux et l'épouse entrent dans la maison.....

Aujourd'hui c'est notre beau printemps.

O mon amie, je suis bien heureuse et bien fortunée, puisque j'ai retrouvé mon époux.

Aujourd'hui c'est notre jour de printemps.

De tous côtés on fait résonner les divers genres de tambour. Le monde a reconnu le printemps pour le roi des saisons.

---

[1] Ce chant et quelques-uns des suivants renferment des mots arabes et persans quoiqu'ils soient écrits par des Hindous et en caractères dévanagaris. Celui-ci est tiré de la Collect. hindî de W. Price, n° 8.

[2] Fils de Brahma, le Vulcain des Hindous; car il est à la fois le fabricant des armes des dieux et l'architecte de l'univers.

[3] Il s'agit de la végétation.

[4] Roebuck, *Or. Proverbs*, p. 204.

Si tu as dans ta maison un épòux bien-aimé doué d'excellentes qualités, apprends-lui qu'aujourd'hui c'est notre beau printemps.

Oui, mon amie, le printemps est venu avec son brillant appareil [1].

Malâr, chant des Pluies.

La saison de sâwan (juin-juillet) est venue; les nuages ont répandu de la pluie. Le voile de la maîtresse a été mouillé lorsqu'elle allait joindre son amant.

Le tonnerre se fait entendre. La pluie tombe en abondance en même temps que bien des paupières teintes de surma sont remplies de larmes.

Pour aller trouver son amant, la maîtresse a eu son voile mouillé. La saison de sàwan est venue, le nuage a versé de la pluie [2].

Malâr, autre chant des Pluies.

Lorsque le nuage tonne, mon âme est troublée par la crainte.

L'éclair brille, le vent du nord-ouest souffle, le vent d'est murmure. Dans cette nuit malheureuse, le sommeil ne peut fermer mes paupières. Le papiha pousse des cris plaintifs, le nuage tonne et mon âme est saisie de crainte [3].

Khiyâl, autre chant des Pluies.

Le mois de sâwan est venu, ô ma mère ! maintenant des nuages terribles versent de la pluie en grosses et abondantes gouttes d'eau.

La grenouille, le paon, le coucou font entendre leurs cris ! chaque femelle de ces animaux appelle son mâle.

En entendant ces cris, l'amant et la maîtresse prêtent une vive attention.

Le mois de sâwan est venu, ô ma mère, il y a actuellement d'épais nuages [4].

Pad, chant des Sentinelles.

Réveille-toi, ô sentinelle ! réveille-toi, voilà l'aurore ! Le voleur accourt en hâte dans la ville. Réveille-toi, ô sentinelle !

Celui qui dort s'expose à perdre tout ce qu'il possède ; quant à celui qui veille, sa fortune veille. O sentinelle, réveille-toi ! le voleur accourt en hâte dans la ville [5].

Domrâ, chant des Bayadères.

J'ai égaré, j'ai oublié, j'ai laissé tomber mon bracelet.

Si tu as des nouvelles de mon bracelet, je te donnerai en récompense cinq pièces d'or. J'étais allée me baigner après avoir mis ce bracelet. En m'essuyant les bras le bracelet est tombé.

J'ai perdu mon bracelet dans la rivière !

J'étais allée me baigner, après avoir mis mon bracelet ; en m'essuyant les bras mon bracelet est tombé.

[1] W. Price, Collect. hindî, no 63.
[2] Ibid., no 85.
[3] Ibid., no 86.
[4] Ibid., no 94.
[5] Ibid., no 89.

J'ai perdu mon bracelet dans la rivière !
J'ai égaré, j'ai oublié, j'ai laissé tomber mon bracelet [1].

Thumrî, chant des Bayadères.

O corps de rose ! le gouverneur recherche ta jeunesse, ô corps de rose !

Le pion demande cinq roupies, le kotwal (préposé de police) en demande dix, et Acif (le gouverneur) veut ta jeunesse.

O corps de rose ! le gouverneur recherche ta jeunesse [2].

Khiyâl, chant des Jardinières.

Aujourd'hui, la noire abeille s'est envolée, ô ma mère, après avoir pris le suc des fleurs.

Le jardinier viendra, il arrosera le jardin, il cueillera les boutons de roses, puis il arrangera ses paniers de fruits.

Aujourd'hui, ô ma mère, la noire abeille s'est envolée après avoir pris le suc des fleurs [3].

En passant aux chants des porteuses d'eau, je dois faire remarquer qu'il y a d'autres chants particuliers que font entendre les blanchisseuses, chants qu'on nomme *birhâ*, et dont je regrette de ne pouvoir donner de spécimen. Il y a aussi les chansons des hommes qui puisent de l'eau pour arroser les terres. Les voyageurs nous apprennent qu'elles sont fort originales, mais ils ne nous les font pas connaître. Il est curieux, disent-ils, d'entendre la variété des chants que les Indiens ont pour chaque occupation différente [4].

Kharwâ, chant des Porteuses d'eau.

Aller prendre de l'eau [5] c'est pour moi une grande fatigue....

Ma maison est éloignée. Lorsque ma cruche est pleine elle est lourde et me blesse les reins [6]. Oui, aller prendre de l'eau, c'est pour moi une grande fatigue [7].

Tappâ, autre chant des Porteuses d'eau.

O la gracieuse porteuse d'eau de la tribu des gûjars !

Elle porte (*à la main*) une cruche d'eau couleur d'or, attachée avec un ruban de soie, et sur la tête une cruche pareille posée sur un rond enrichi de pierreries.

O la gracieuse porteuse d'eau de la tribu des gûjars [8] !

Tappâ, id.

O ma fiancée aux yeux admirables, soutiens bien ces cruches d'eau. O beauté aux yeux admirables, soutiens-les bien.

---

[1] Price, Collect. hindî, n° 105.
[2] Ibid., n° 181.
[3] Ibid., n° 99.
[4] *Asiatic Journal*, t. XXXII, n° 6, p. 276 (1840).
[5] Il y a dans le texte *eaux* au pluriel, comme en sanscrit.
[6] On la porte en effet sur les hanches.
[7] W. Price, Collect. hindî, n° 103.
[8] Ibid., n° 113.

Le monde connaît ton amour et le mien ; il connaît le charme du collyre de tes yeux.

O ma fiancée, soutiens bien ces cruches d'eau [1].

Tappá, chant des Porteuses d'eau.

Çà donc, qui es-tu, charmante porteuse d'eau ? O toi qui chemines ainsi, où vas-tu donc aujourd'hui d'une manière si gracieuse qu'elle enivre mes sens ? Çà donc, qui es-tu ?

Sur ta tête est un pot à eau, et sur celui-là il y en a un autre artistement placé.

Oh ! dis-moi de qui tu es l'épouse ; qui es-tu donc, charmante porteuse d'eau [2] ?

Puisque j'en suis à citer des chants spéciaux, on me permettra d'en donner un qu'on pourrait nommer Chant des rizières. Ce chant, cité par Skinner (Excursions, t. II, p. 105), fut improvisé par des femmes indiennes à la louange des Anglais qui étaient venus assister aux travaux d'agriculture exécutés dans les rizières.

Les hommes blonds (les Européens) sont allés aux montagnes de neige ; ils ont vu couler le Gange à travers les champs. Ne travaillons pas davantage ; car le riz croît rapidement et une bonne récolte se prépare. Ce sont les blancs qui attirent après eux l'abondance : vois-les sourire. Les femmes qu'ils aiment sont bien loin dans les royaumes de l'ouest. Ne serait-ce pas à nous qu'ils sourient ? Nous ne travaillerons plus. S'ils sont heureux, leurs serviteurs ne doivent-ils pas l'être aussi ? Vois, les tentes sont déployées et les feux sont allumés : les voyageurs se reposeront aujourd'hui dans la vallée. Ne travaillons plus, mais soyons empressées auprès de ces hommes blonds et engageons-les à demeurer auprès de nous.

Hindola, chant de l'escarpolette.

Sur l'escarpolette (hindola) se balance la lune de Gokul (Krischna).

Il y a deux poteaux d'or ornés de joyaux de belle couleur. Les quatre jeunes filles qui mettent l'escarpolette en branle sont naïves et belles ; elles regardent le ciel en rougissant. A leurs mains sont des bouquets de fleurs de toutes couleurs. A leur tête des perles artistement rangées autour de diamants étincelants.

Là, Radhâ, à la taille déliée, se balance en présence de Krischna.

En voyant ce charmant spectacle, le ciel manifeste sa joie. Les déotas Indra et les autres, après l'avoir regardé, ressentent dans leur cœur un indicible plaisir. Les trente-trois krors [3] de divinités s'humilient. La grandeur de Krischna anéantit leur esprit.

Sur l'escarpolette [4], etc.

[1] Price, Collect. hindi, n° 115.
[2] Ibid., n° 156.
[3] Le kror ou karor vaut dix millions.
[4] W. Price, Coll. hindi, n° 52.

Sur un perroquet.

O bon brahmane, asseyez-vous dans la cour de ma maison, ouvrez votre feuille d'horoscopes et répondez à ma question.

Mon perroquet, que j'aime comme ma vie, s'est envolé. Indiquez-moi la rue où il est allé.

O volage perroquet, es-tu allé jusqu'à Madras? J'avais soin de te donner du grain, je te donnais de l'eau, je te laissais en liberté, la fenêtre ouverte.

Ah! viens me dire un mot, cher perroquet! pour ce mot je donnerais un lâkh de takâs [1].

O volage perroquet [2], etc.

Voilà donc ces chants populaires indiens, inconnus jusqu'ici en Europe. Ils sont écrits dans le double dialecte hindou et musulman de l'Inde moderne, auquel on donne souvent le nom général d'*hindoustani*, mais qu'on distingue par les noms particuliers de *hindouï* ou *hindî*, lorsqu'il s'agit des Hindous, et de *muçalmâni bolî* ou « langue musulmane, » lorsqu'il s'agit des musulmans. La principale différence entre ces deux dialectes, c'est qu'il s'est introduit dans ce dernier une grande quantité de mots arabes et persans que l'autre n'a pas admis. Le dialecte musulman s'est même subdivisé en deux branches, celle du Nord ou *ourdou*, et celle du Midi (Dekkan) ou *dakhnî*, espèces de langues d'*oïl* et d'*oc* où l'on remarque même des différences analogues à celles qui séparent ces deux idiomes français du moyen âge. Il n'est pas possible de s'apercevoir dans la traduction de la différence des dialectes; mais on s'apercevra facilement de la différence des doctrines et des mœurs. Dans les chants religieux hindous, on trouve tantôt une mythologie douce et sentimentale, tantôt une philosophie qui rappelle celle des stoïciens. Les chants religieux musulmans sont plus rapprochés de nos idées, plus bibliques enfin; car l'islamisme n'est qu'une grande hérésie chrétienne, une sorte d'arianisme judaïque auquel son fondateur a tâché de donner, par ses définitions et ses récits, le caractère d'universalité exprimé par ces mots célèbres : *Quod semper ubique et ab omnibus creditum est.* On remarque aussi que les Hindous placent leurs chants érotiques dans la bouche des femmes, ce que ne font pas ordinairement les musulmans; que ces derniers mêlent presque toujours l'amour du Créateur à celui de la créature, et qu'ainsi leurs vers les plus passionnés sont souvent mystiques. C'est là le cachet habituel des poésies musulmanes, non-seulement de celles de peu d'étendue, comme les chants populaires qui précèdent, mais même des plus longs

---

[1] Lâkh signifie cent mille. Le takâ vaut deux païças.
[2] Communiqué par Madame E. de Salles.

poèmes. On y voit partout la beauté humaine représentée comme un reflet de la beauté divine, que dis-je, comme cette beauté même, *toujours ancienne et toujours nouvelle*. Ils l'admirent dans Laïla et dans Schirîn ; et le but de l'écrivain en traçant ces poèmes légendaires est d'exciter à l'amour de Dieu et, dans la pratique, à la fidélité à la religion musulmane. Souvent même les héros de ces romans en vers, lorsqu'ils sont *kâfir* (infidèles), se convertissent à l'islamisme au dénouement du poème. C'est ainsi que dans l'intéressant poème de « Joseph et Zalikha, » celle-ci s'élève par l'admiration des traits célestes de Joseph à la contemplation du Créateur et devient musulmane, c'est-à-dire d'après l'étymologie du mot « résignée à la volonté de Dieu. »

Dans les chants qui tiennent à l'ethnologie, la différence des religions se fait pareillement sentir. Ceux des Hindous ont plus de naïveté et de simplicité, ceux des musulmans plus d'art et de recherche. Mais dans les premiers dominent les choses purement temporelles, et dans les autres celles qui ont rapport à la religion et aux idées spirituelles.

Le lecteur, je l'espère, partagera les opinions que j'exprime ici et qu'inspire l'examen des pièces dont j'ai donné la traduction.